그래, 다 이유가 있는 거야

그래, 다 이유가 있는 거야

글 성전

1판 1쇄 발행 2018년 11월 30일

발행인 신혜경
발행처 마음의숲

대표 권대웅
주간 이효선
책임편집 송희영
디자인 임정현
마케팅 노근수 허경아
용지 신승지류유통(주) 인쇄 스크린그래픽 제본 (주)상지사P&B

출판등록 2006년 8월 1일(제2006-000159호)
주소 서울시 마포구 동교로 144-13(서교동 463-32, 2층)
전화 (02) 322-3164~5 | 팩스 (02) 322-3166
페이스북 facebook.com/maumsup
ISBN 979-11-6285-018-3 (03810)

값은 뒤표지에 있습니다.

마음의숲에서 단행본 원고를 기다립니다.
따뜻하고 생동감 넘치는 여러분의 글을 maumsup@naver.com으로 보내주세요.

이 도서의 국립중앙도서관 출판예정도서목록(CIP)은 e-CIP홈페이지(http://www.nl.go.kr/ecip)와
국가자료공동목록시스템(http://www.nl.go.kr/kolisnet)에서 이용하실 수 있습니다.
(CIP제어번호: CIP2018037897)

그래, 다 이유가 있는 거야

성전 지음

마음의숲

당신의 행복은 무엇이 당신의 영혼을 노래하게 하는가에 따라 결정된다.

- 낸시 설리번

여는 글

아기가 웁니다.

아기가 우는 것은 이유가 있기 때문입니다.

연인이 다툽니다. 그 다툼에도 이유가 있습니다.

부부가 이혼을 합니다. 그 이혼에도 이유가 있습니다.

직장에서 상사가 눈을 부라리며 소리를 지릅니다.

권위를 세우고 싶은 이유가 있기 때문이라고

부하 직원은 생각합니다.

노처녀가 시집갈 생각을 안 합니다.

결혼을 방기하는 것도 다 이유가 있습니다.

세상 모든 것에는 이유가 있습니다.

그릇된 이유도 있고 또 합당한 이유도 있습니다.

이 기준의 판단은 다 남들이 하는 것입니다.

그래서 타인의 충고와 잔소리는 언제나 짜증을 유발합니다.

받아들이지 않는데 자꾸 받아들이라고 강요하는 것은 폭력입니다.

그래서 저항은 갈수록 더욱 강해집니다.

이유 같지 않은 이유 앞에서도 우리가 지켜야 할 한 가지는
그 이유를 인정하고 존중하는 것입니다.
그 이유는, 이유는 지극히 개인적인 것이기 때문입니다.
아기가 배고프다고 울 때 어른들은 몇 끼도 참는데,
하고 아기를 방치하면 그것은 돌이킬 수 없는 어리석음이 됩니다.
지극히 개인적인 이유를 무시하는 것은 그와 같은 것이 됩니다.
이유를 이유로 들어주는 것이 사람에 대한 존중입니다.
"그래, 다 이유가 있는 거야."
귀 기울여 들어주면 우리는 웃으며 마주 볼 수 있게 됩니다.

우리의 말과 웃음과 눈물에는 다 이유가 있습니다.
그 이유를 근거로 우리는 살아갑니다.
이유는 우리들의 존재 근거이기에
누구도 함부로 훼손할 수는 없습니다.

"그래, 다 이유가 있는 거야."
이렇게 말할 수 있다면 우리는 함께 손을 맞잡고
따뜻하게 동행이 될 수가 있습니다.
꽃이 피고 낙엽이 지는 것도 다 이유가 있는데
어찌 당신의 표정과 말씀에 이유가 없을까요.

목차

2 우리가 우는 이유

3 우리가 행복한 이유

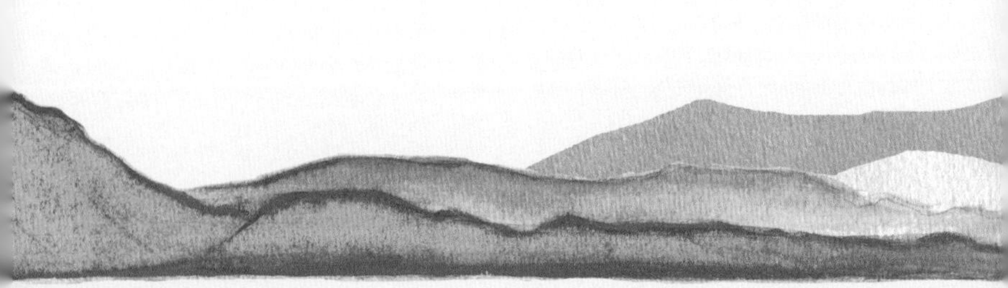

4 우리가 사랑한 이유

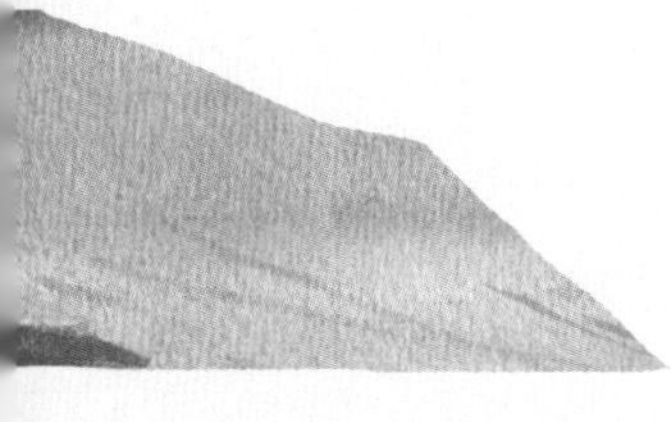

1

우리가 웃는 이유

언제나 안에서 답을 찾는 사람은
언제나 답을 만날 수 있습니다.

행복은 빈손을 찾아옵니다

어둠이 어둠인 것은 빛을 잃었기 때문입니다.

밝음이 밝음인 것을 빛을 지니고 있기 때문입니다.

그대가 슬프게 우는 것은 행복을 잃었기 때문이고

그대가 환하게 웃는 것은 행복을 지니고 있기 때문입니다.

우리들 작은 손에는 많은 것을 쥘 수 없습니다.

불행과 어둠을 한 움큼 쥐게 되면

바로 코앞에 있는 빛과 행복을 쥐는 것은

불가능하게 됩니다.

불행과 어둠을 버리고 빈손이 되기 전에는
눈부시게 아름다운 행복과 함께
빛을 움켜쥘 수가 없습니다.

행복과 빛은 빈손을 찾아옵니다.
햇살이 투명한 꽃잎에 내려앉듯
행복과 빛은 그대의 빈 마음과 빈손을 찾아옵니다.

행복과 빛은 누적이 아니라
언제나 처음인 자리에 찾아오는 고귀한 손님입니다.
언제나 처음인 청정한 마음과 청정한 손길 속에서
당신은 행복과 빛을 만나게 됩니다.

행복과 빛은 당신을 떠난 적이 없습니다.
언제나 처음인 청정한 그 자리에 있을 뿐입니다.
다만 당신이 청정한 그 자리를 잃어버릴 뿐입니다.
놓고 비우면 청정한 그 자리를 다시 만나게 됩니다.

불행과 어둠을 비우면
그 자리에 행복과 빛이 찾아옵니다.
비움이 아름다운 채움이 되는 순간입니다.

나의 존재가치는
바로
여기에 있습니다

밤새 의자에 누워 별을 봤습니다.
외등도 켜지 않은 산중 작은 암자에
별빛이 은성하게 쏟아져 내렸습니다.
고요한 삶의 자리에 별빛은 축복처럼 찾아와
환하게 미소 지어줍니다.

삶은 어느 자리에서나 축복입니다.
부처의 눈에는 부처만 보이고
중생의 눈에는 중생만 보일 뿐입니다.
자신의 존재가치를 알기 전까지 우리는 중생이고
그래서 끊임없이 갈애에 허덕이게 됩니다.
그러나 자신이 부처임을 깨닫는 순간
우리는 자유로워집니다.
부나 명예나 애욕에 걸리지 않고 살아가게 됩니다.

찾아온 선객을 향해 스승은 묻습니다.
무엇 때문에 왔느냐고.
그러자 선객은 말합니다.
부처가 되기 위해서 왔노라고.
스승은 선객에게 말합니다.
본시 그대가 부처이거늘 다시 어디에서 부처를 찾느냐고.

살다 보면 우리도 무언가를 잃어버릴 때가 있습니다.
그것을 책상 밑이나 벗어둔 바지 주머니에서
찾게 되는 경우가 왕왕 있습니다.

그때 우리가 기쁨처럼 내뱉는 한마디.

"어? 여기 있었네!"

그와 마찬가지로 우리의 존재가치는

바로 여기에 있다고 깨달은 이들은 말합니다.

불을 끄기 전에는 별빛의 미소가

이토록 투명한지 알지 못했습니다.

작은 암자의 외등을 끄고서야 비로소
별들의 투명한 미소를 알게 됩니다.

우리도 밖으로만 불 밝힌 갈애의 불들을 꺼야 합니다.
그래야 별빛처럼 내면에서 밝아오는 빛을 만나게 됩니다.
그때 비로소 당신은 당신의 놀라운 존재가치를 만나게 됩니다.
그 어디에도 걸리지 않는 바람처럼
자유로운 존재가 바로 자신이라는 사실을.
우리는 그 놀라운 진실을 만나기 위해 오늘도 살아갑니다.

세상은
인연으로
이루어져 있습니다

세상의 모든 일은 때가 있습니다.
마음을 너무 조급하게 앞세우지 마세요.
마음만 앞서고 일은 이루어지지 않으면
고통스러울 뿐입니다.

일이 안 풀릴 때면
아직 인연이 되지 않았음을 깨달아야 합니다.
조급하게 서성이는 마음을 거두어들이고
일이 이루어질 때까지 마음의 호흡을 가다듬어야 합니다.

인연이 성숙하지 않으면 일은 이루어지지 않습니다.
인연을 따라 사는 사람은 마음의 고통이 없습니다.
인연을 따르는 사람들은 가도 간 것이 없고
와도 온 것이 없습니다.
마음이 움직이지 않았기 때문입니다.

열심히 했으나 마음에 초조와 불안이 없는 사람들은
언제나 그 자리에 있을 뿐입니다.
그의 자리는 실로 우주만큼 넓습니다.
우주 어디에 있어도 그는 움직이지 않고
그의 자리에 있을 뿐입니다.

일이 뜻대로 되지 않을 때
마음은 회오리처럼 요동칩니다.
마음이 급해져서 서두르게 됩니다.
안 되는 일에 서두른다고
진전이 될 리 없을 것입니다.
그렇다고 아파하거나 괴로워하면 안 됩니다.

그 불안한 마음에 서둘러 선택한 인생이
나쁜 수를 놓게 될지도 모릅니다.
어리석은 일입니다.
세상 모든 것은 인연임을 알아차려야 합니다.

아무리 노력해도 인연이 아니면
이루어지는 것은 없습니다.
마음을 앞세우지 말아야 합니다.
그 앞선 마음에 당신은 괴로울 것입니다.

마음이 앞서가고 나는 뒤를 쫓아갈 때
삶은 너무 힘들어지고야 맙니다.
차라리 몸을 앞세우십시오.
그러면 피곤할지언정 괴롭지는 않을 수 있으니까요.

밖이 아니라

안을 보는 자는

고요합니다

풍경이 웁니다.

비바람에 우는 풍경 소리에 잠에서 깨어나

이 소리를 듣는 놈은 무언가, 하고 묻습니다.

소리를 쫓아가면 시끄러우나 소리를 듣는 놈을 쫓아가니

고요와 만나게 됩니다.

밖이 아니라 안을 보는 사람은 언제나 고요합니다.
분노와 슬픔은 모두 밖을 보고 안을 잊고 있다는 증거입니다.
분노하고 슬퍼하는 것은 얼마나 부질없는 일인가요.
그것은 풍경이 비바람에 우는 소리와 같은 것인지도 모릅니다.
풍경은 고요한 산사에 깊은 숨결 같은 소리로 다가와야
비로소 제맛이 납니다.

안을 보는 사람이 언제나 고요한 것은
그 마음이 본디 고요하기 때문입니다.
적적하고 요요한 그 마음에
소음의 티끌이 번질 자리는 없습니다.
비바람이 불어도 허공은 고요한 것처럼 말입니다.

태어나고 살아가고 늙고 죽는 것이
모두 하나의 장면처럼 흘러갑니다.
장면들이 강물처럼 흘러가도
나는 언덕에서 바라볼 뿐 따라가지 않습니다.
나는 보았으나 움직이지 않았고
나는 들었으나 다시 움직이지 않았습니다.

보고 느끼고 생각하고 행동하고 의식하지 않을 때
나는 어디에 있는가 물을 뿐입니다.
비바람이 불어도 허공은 고요하고
내 삶에는 오직 물음 하나가 뚜렷하게 확대되어
다가오고 있습니다.
삶은 한때의 꿈처럼 부질없고
부질없던 시간의 아우성들이 서서히
고요 속으로 사라지는 것을 봅니다.
고요하고 또 고요하여 나고 죽음이 없는 그 자리가
이제 내게는 그리운 곳이 되어 다가옵니다.

이만큼 살았으니 이제는 안을 보아야 합니다.

마음을 관하는 일이 내 삶이고 수행입니다.

삶이 수행이 되고 수행이 삶이 되는 것은

마음을 보는 것에서부터 시작합니다.

모든 것이 마음인 까닭입니다.

비바람은 여전히 거세고 풍경은 요란하게 웁니다.

가부좌를 하고 앉아 안을 봅니다.

누구 때문에

무엇 때문에

괴로워하지 마세요

우리는 나를 괴롭히는
수많은 것들 속에서 살아가고 있습니다.
프랑스 작가 장폴 사르트르는
"타인은 지옥이다"라고 말했습니다.
그만큼 인간은 숱한 타인과의 관계에서 부딪히며
살아내고 있습니다.

싫어도 좋아해야 하는 관계,
일 때문에 만나야 하는 관계들이
때로 우리 마음에 와서 괴롭힐 때가 있습니다.

누구 때문에 혹은 무엇 때문에 괴롭다면
나를 잃어버리고 살아가는 것이 됩니다.
그래서 우리는 끊임없이 괴로운 마음을 씻고
버리는 연습을 해야 합니다.
자신에게 맞는 여러 가지 방법이 있습니다.
무관심이 한 방편일 수 있고,
받아들임이 방법일 수도 있습니다.
둘 다 약간의 수행이 필요합니다.

일주일에 한 번씩 사찰을 찾아
기도하고 명상하고 산책을 하며
마음을 닦는 시간도 필요합니다.
중요한 것은 어떤 괴로운 관계와 상황에서 벗어나
청청한 하늘처럼
천둥과 번개를 용서하고 살아가는
하늘처럼 살아갈 수 있다면
그것이 진정 내 집에 내가 사는 의미입니다.
천상천하 유아독존은 바로 그런 뜻이기도 합니다.

누구 때문에 무엇 때문에 괴로워하지 마세요.
나를 괴롭힐 것은 이 세상에
아무것도 없다는 사실을 믿으세요.

신들과 인간세계에서 오직 홀로 존귀한 그대가
무엇 때문에 괴로워해야 하나요.
빗물에 씻겨져 내리는 먼지처럼 자주 마음을 닦아주세요.

"괜찮다. 다 아무 문제도 아니다."
부처님께서 건네신 말씀을 떠올리세요.
스스로에게 말하세요. 그 순간 당신도 부처가 될 테니까요.

가치를
발견하면
부자가 됩니다

바다가 보이는 벤치에 앉아 아침을 먹습니다.
식빵 한 조각, 사과 반쪽 그리고 오디 주스 한 잔.
태풍의 영향 때문인지 숲을 흔드는 바람이
마치 샤워 소리처럼 경쾌합니다.
한 입 빵을 씹으면서 바다를 봅니다.

이 풍경의 성찬에 남루한 한 끼가 전혀 외롭지 않습니다.
결인의 식탁일지라도 이렇게 풍성한
자연의 성찬을 느낄 수 있다면
어찌 왜소한 식탁이라 할 수 있을까요.

남루가 곧 왜소함으로 느껴지던 시절이 있었습니다.
어디서나 어깨 펴지 못하고 쓸쓸하게
어둠이 내리는 거리를 방황하던
내 젊은 날들은 왜소했었습니다.
스산한 바람이 부는 저녁 거리를
오랫동안 걸었습니다.
그때는 몰랐습니다.
세상에 이토록 많은 보석 같은 의미가 있다는 것을.

오늘 아침 바다가 보이는 벤치에 앉아
식빵을 한쪽 깨물면서
비로소 세상 많은 것이 보석임을 깨닫습니다.
소유를 벗어나니 세상 모든 것은
탐욕의 대상이 아니라 보석처럼 빛나는
귀한 가치라는 것을 알게 된 것입니다.

식빵 한 조각이 내 안에 들어가 살이 되고
오래 바라본 바다가 내 마음이 됩니다.
소유하지 않아도 된다고 마음먹은 순간
그 모든 것들은 내게로 와서 온전히 내가 됩니다.
내 것이 아니라 내가 되는 이 놀라운 마술이
지금 내 안에서 이루어지고 있습니다.
소유를 버려 비로소 진정한 소유가 이루어지는 것을
이 아침에 깨닫습니다.

한 입 베어 문 한 조각 빵이 어제의 그 맛이 아니고
오래 바라보는 먼바다가 예전의 그 바다가 아닙니다.
나 역시 지금 이 순간은 예전의 내가 아닙니다.
숲을 지나온 바람이 상큼하게 내 곁을 지납니다.
그 바람도 보석이라고 생각하니
아니 어디서든 보석 같은 가치를 만난다고 생각하니
나는 세상에서 가장 부자입니다.
가난은 소유한 것이 없는 것이 아니라
가치를 잃어버린 것을 의미합니다.

내 몸은
내 생활습관의
결과입니다

"내 견해가 하늘보다 더 높다 하더라도
내가 행위와 그 결과에 기울이는 주의는
밀가루보다 섬세하다."

티베트의 고승의 말씀입니다.
높은 견해는 결국 인과를 굳게 믿고
그것이 삶의 원칙이 되었을 때
비로소 가능한 것이라는 의미이기도 합니다.

우리는 흔히 체질을 이야기합니다.

"나는 그런 체질이 아니야, 나는 체질적으로 그게 맞지 않아."

물론 타당성이 있는 이야기입니다.

그러나 지금의 나는 내 일상생활의 결과로 존재합니다.

일상의 생활습관을 떠나서 나는 없습니다.

그러니 내 몸은 내 생활습관의 결과입니다.

흔히 뚱뚱한 사람들이 이렇게 말합니다.

먹지도 않는데 살이 찐다고.

저도 그 경우에 해당이 됩니다.

그러나 가만히 살펴보면 다른 사람보다

많이 먹는다는 것을 알 수 있습니다.

밥은 적게 먹을지 모르나 식간에

간식을 자주하는 자신을 발견하는 것은

어려운 일이 아닙니다.

다 뚱뚱한 원인이 있었던 거죠.

뚱뚱한 체질이어서가 아니라
남보다 많이 먹어서 뚱뚱해진 것입니다.

화를 잘 내는 것도 마찬가지입니다.
화가 습관이 되어서 그런 것이지
원래 화를 잘 내는 체질이라는 말은 성립할 수가 없습니다.
본디 모든 것이 공한 것인데 어디 화의 실체가 있겠습니까.
그러니 그 사람을 보면 그 사람의
생활습관 인생이 다 보이는 법입니다.

높은 견해에도 불구하고 행위의 결과에는
밀가루보다 섬세한 주의를 기울이는 티베트의 고승처럼
신구의 삼업에 주의를 기울이며 살아가야 합니다.

누구나 욕구대로 살 수는 있습니다.

하지만 그것은 인생의 모든 가치를 잃게 되는 행위입니다.

인생의 모든 가치는 섬세한 주의를 기울일 때

비로소 실현됩니다.

꽃이 향기로 나비를 부르듯이

인생의 향기는 가치를 잘 지켜나갈 때

멀리멀리 퍼져갑니다.

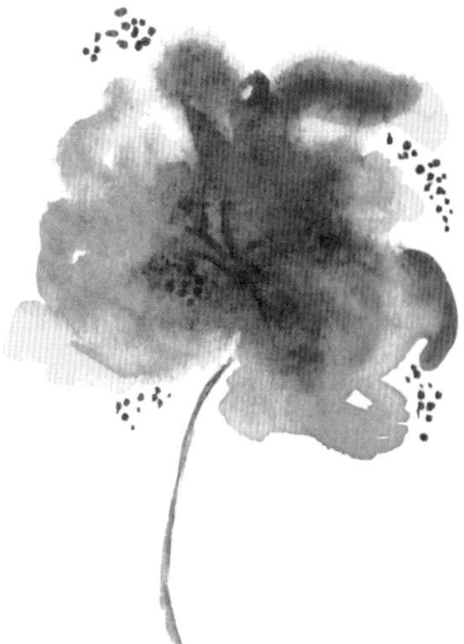

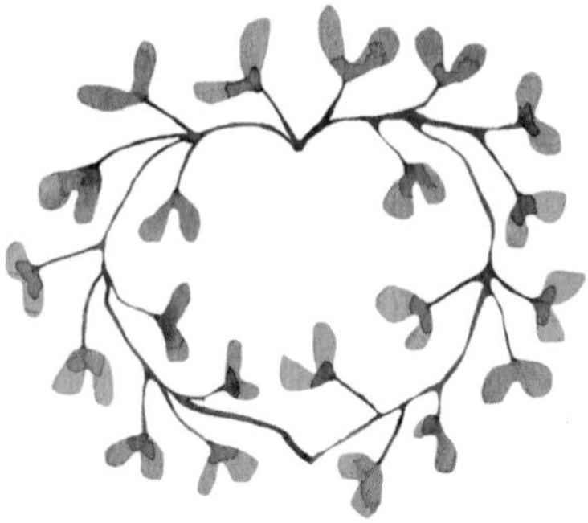

그대 마음이
행복을 발견했으면
좋겠습니다

꽃이 집니다.

꽃이 진 자리에 꽃들이 모여 꽃무늬를 그립니다.

그 풍경이 아름답습니다.

꽃이 짐에 비단이 생겨난다는 말씀이 있습니다.

꽃이 뚝뚝 떨어진 대지에는 꽃무늬가 생겨납니다.

그 모습이 마치 비단처럼 아름다워 보여 그렇게 표현했나 봅니다.

하지만 꽃도 바람도 대지도 비단과 같은

아름다움을 만들고자 한 적이 없습니다.

그냥 꽃이 짐으로 생겼을 뿐입니다.

그러므로 저 비단 같은 꽃무늬 속에는

아름답다는 생각이 없고 꽃무늬라는 상相이 없습니다.

그냥 인연을 따르면 삶은 꽃이 되고

죽음은 비단이 됩니다.

삶이라는 꽃이 짐에 죽음이라는

아름다운 꽃무늬 비단이 하나 생기는 겁니다.

생은 좋은 것이고 죽음은 나쁜 것이라는 분별은

인연을 모르는 소리입니다.

삶의 꽃이 그려내는
죽음이라는 비단의 아름다움을 아는 사람들은
생사에 자유로워 오고 감이 없는 사람입니다.
그는 소의 등에 앉아 구멍 없는 피리를 불며
허공을 가는 사람입니다.

중생과 부처가 그렇고 차안과 피안이 그렇고
괴로움과 즐거움이 그렇고
고됨과 편함이 또한 이치 안에 있습니다.
이 세상 모든 것이 이 이치 안에 있으나
우리가 보지 못할 뿐입니다.

그래서 우리는 아파하고 좌절하며
더 깊은 어둠 속으로 빠져들어 가고는 합니다.

겨울 가면 봄이 오고 꽃이 지면 다시 꽃이 피듯이
겨울이라 두려워할 일이 없고
꽃이 진다 서러워할 일도 없습니다.
마음이 이미 모든 분별과 취사를 떠났으니
그 마음에 자유의 노래가 끊이지 않을 터입니다.
입춘이 지나도 날은 여전히 춥습니다.
어제는 언 손의 시림을 견디며 기도했습니다.
그대 마음에도 꽃이 지니 비단이 생겨난다는
멋진 소식이 찾아왔으면 좋겠습니다.
그것이 진짜 봄이죠.

자신의 생각을
방치하지 마세요

생각은 나무처럼 자라야 합니다.
대지에 든든히 뿌리를 내리고 굵은 줄기로 하늘을 받치고
푸른 잎으로 햇살을 받아야 합니다.
그래야 낙엽 지는 가을이 오면 잎을 내줄 수 있고
눈보라 치는 겨울이 오면
뿌리의 든든한 힘으로 견딜 수 있습니다.

생각은 나뭇잎과 같고 눈발과 같을 수 있지만
한 그루의 나무로 커야 합니다.
이것은 가치관과 세계관을 가지고 성장해야
비로소 가능합니다.
세계관이 없으면 공동체에 눈뜰 수 없고
불교적 가치관이 없으면 인생과 사람에 대한
정견을 확립할 수 없습니다.

어디서든 자신의 생각을 방치하지 마세요.
그것은 존재의 가치를 스스로 허무는 일입니다.
세계관과 가치관으로 생각을
아름드리나무로 키워야 합니다.
그러면 그대는 겨울의 세찬 눈보라 속에서도
봄을 기다리는 아름다움을 내보일 수 있습니다.

한 생을 산다는 것은 생각의 나무를 키우는 일입니다.
사랑과 자비와 배려로 가득한 생각의 줄기와
뿌리를 내보이는 일입니다.
즉자적인 반응이 아니라 느낌을 충분히 받아들이고
마음이 속 깊이 감응感應하고 행동한다면
당신은 아름드리나무처럼
크게 그늘을 드리우고 살아갈 수 있습니다.

우리 좀 더 깊어집시다. 좀 더 굵어집시다.
거센 눈보라 속에서도 사랑과 자비의 가치로
자신을 내보입시다.

가슴으로 살 때
행복은
옵니다

더운 날 부는 바람은 마치 하늘의 숨구멍 같습니다.
바람의 길을 따라 하늘도 무더위에 지친 숨을
지상에 길게 내뿜고 있는 것 같았습니다.
밥벌이를 해야 살아가는 우리들의 삶도 언제나 무덥습니다.
숨을 길게 내쉬고자 해도 숨길이 잘 보이지 않습니다.
경쟁에 지치고 생존에 타들어가는 가슴에
바람은 언제나 숨길로 다가올까요.

삶은 가슴으로 살아야
언제나 시원한 바람이 불어옵니다.
머리로만 사는 인생에 바람은 없습니다.

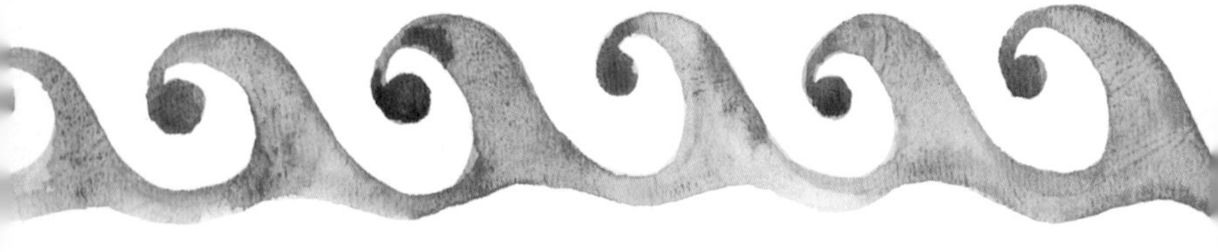

바람은 땅에 발 딛고 존재하는 것들을 위해 부는 것이지
공중에 발을 딛고 사는 존재들을 위해 부는 것은 아닙니다.
바람은 그래서 인간적입니다.
바람이 부는 들판에서 혹은 바람 부는 골목길에서
누군들 가슴으로 사는 인생을 그려보지 않았겠습니까.

머리로만 사는 인생에 현재는 없습니다.
그는 마치 공중을 걸어가는 사람과도 같습니다.
언제 떨어질지 알 수가 없습니다.
조절할 수 없는 성취욕 속에서 그는 극히 불안할 뿐입니다.
없는 미래를 향해 쫓아가는
그의 발걸음이 본인은 또한 얼마나 두렵겠습니까.

조금 처지면 어떻습니까. 조금 가난하면 어떻습니까.
혼자 살면 그것은 선명한 아픔이 되지만
함께 살면 그것은 그냥 작은 걱정에 지나지 않게 됩니다.
자비와 사랑으로 살아 함께 가슴의 온도를 나누는 것은
가난과 불안을 지우는 지우개가 됩니다.
그리고 그것은 극히 적은 것만이 필요한 현재에
우리를 머물게 합니다.

미래는 불안하므로 많은 것을 필요로 하지만
현재는 가치에 눈길을 주므로
소유의 불안에서 벗어나게 됩니다.
미래가 소유라면 현재는 가치에 눈뜨는 일입니다.
행복은 소유의 문제가 아니라 가치의 문제입니다.
가슴으로 살 때 행복은 옵니다.
현재를 사는 삶은 가슴으로 사는 삶이라고
행복은 일깨워줍니다.

그대와 나는 다른 것 같아도 다르지 않고
떨어져 있어도 떨어져 있는 존재가 아니라는 사실을
가슴은 들려줍니다.
그 한마디가 숨길이 됩니다.
그래서 그대의 아픔에 함께 아파하고
그대의 기쁨에 함께 기뻐할 수 있습니다.

가슴이 들려주는 이야기들이
무수한 바람으로 다가와 우리를 깨웁니다.
그러나 머리로만 사는 우리들은
바람이 와 흔들어 깨워도 일어날 줄 모릅니다.
머릿속 수천수만의 밥이 아니라
단 한 끼의 밥만 있는 사람.
그 사람이 진정 가슴으로 사는 사람입니다.

내가 마음에 들지 않으면
습관을 바꾸면
됩니다

사람들이 시원한 에어컨 아래서 땀을 식히고 있을 때
나는 물을 팔팔 끓여 도반스님과 함께 보이차를 마십니다.
뜨거운 찻물을 후후 불어가며 마시면 더욱 땀이 나지만
더위를 의식하지는 못합니다.
차 맛이 더위보다 은은하게 다가오기 때문입니다.

더위를 이기는 방법은 시원함도 있겠으나
뜨거움 또한 더위를 이기는 방법입니다.
이열치열이 흔한 말이기는 하지만
그 실행은 그리 흔하지가 않습니다.
더우면 시원함을 먼저 찾는 습성이 배어 있기 때문입니다.

나라는 것은 무얼까요.
그냥 습관의 진행이 '나다'라고 생각하면 됩니다.
그러니 자신을 무엇이라고 규정할 이유가 없습니다.
지금의 자신이 마음에 들지 않으면
습관을 바꾸면 됩니다.
자신이 원하고 그리는 모습의
습관들을 실천해가면 됩니다.
그러다 보면 어느 날 자신이 원하던 내가
내 앞에 있는 것을 보게 될 것입니다.

이젠 무더워도 찬 것을 그리 찾지 않습니다.
이 무더운 여름날 물을 팔팔 끓여
보이차를 마시는 것도 습관을 바꾸었기에 가능한 일입니다.

무척 만족하고 있습니다.
차를 마시면 더위가 진정되는 것을 느낍니다.
찬 것을 먹거나 마셨을 땐
더위가 피했다가 이내 다시 찾아왔으나
뜨거운 보이차를 마시면
더위가 스스로 잦아드는 것을 느낍니다.
이것이 바로 이열치열의 의미라는 생각이 듭니다.

한 발자국마다 땀이 고이는 무더운 여름날
뜨거운 찻잔을 들고 더위보다 뜨거운 보이차를 마십니다.
더위가 스스로 잦아들어 스스로 물러가는
이 오묘함의 극치가 이열치열입니다.
내 마음에 안 드는 내가 스스로 물러가게
습관을 바꾸세요.
열은 열로 다스리듯
나쁜 공기는 좋은 공기로 다스리는
이것이 나로 나를 다스리는 이기치기以氣治氣 입니다.

나를
바로 볼 수 있어야
합니다

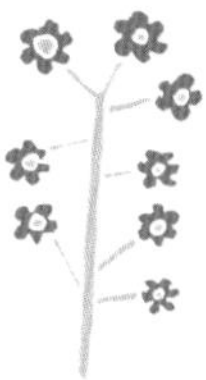

부자는 노력하면 됩니다.

행복은 보시布施해야 찾아옵니다.

부자는 잠자리는 화려하나 단잠에 들 수 없고

행복한 사람은 잠자리는 남루하나 꿀잠을 잡니다.

자비심으로 남에게 재물이나 불법을 베푸는 보시는

지옥을 벗어나는 출구이고 행복에 들어서는 입구입니다.

그런 보시를 해야 비로소 수행이 가능하기 때문입니다.

보시는 욕망을 잠재우고

나를 찾는 수행에 눈을 돌리게 합니다.

인색하고 욕심내는 마음을 버린 그 자리에서

우리는 대상이 아니라 대상을 바라보는 나를 보게 됩니다.

인색하고 욕심내는 마음은 대상에 집착하는 마음이고

보시는 대상을 벗어나 나를 보게 합니다.

나눔이 진정 우리 안에 있는 참 마음이기 때문입니다.

화가 나는 순간 화를 내는 이것이 무엇인가.

미운 마음이 일어날 때 미운 마음을 내는 이것이 무엇인가.

무서울 때 무서운 마음을 내는 이것이 무엇인가.

이렇게 묻는 것이 수행이고

이것이 바로 나를 보는 것입니다.

그 순간 우리는 화와 무서움과

미움으로부터 벗어날 수 있습니다.

화나 미움이나 무서움은 영상에 지나지 않습니다.

나를 참구參究하는 순간 그것은 모두 사라집니다.
깨달은 사람은 허공을 보지 못합니다.
일체가 오직 마음임을 알기 때문입니다.
고요하고 밝은 마음이 허공을 삼킨 그 자리에
대상은 부질없을 뿐입니다.

불교는 나를 찾는 공부입니다.
대상을 쫓지 말고
외부 대상을 느끼는 나를 참구해야 합니다.
이것이 이생에서 우리가 해야 할 일입니다.
우리가 살아가는 이유입니다.
이렇게 멋진 과제가 있으니 인생은 얼마나 신나는 일인가요.
다 잃어도 나를 찾고 있다면 당신은 다 얻은 것이고
다 있어도 나를 찾는 마음이 없다면
당신은 다 잃은 사람이 됩니다.
우리 인생의 과제는 사랑에도 있지 않고
행복에도 있지 않고 나를 찾는 일에 있습니다.

그대
　　고요하고
　싶은가요

기차를 자주 탑니다.
기차를 타고 앉아 풍경을 보며
사색하는 것을 즐기기도 하지만
귀찮고 번거로울 때도 있습니다.
한마음에서 좋고 싫음이 번갈아 일어나는 셈입니다.
그것은 어쩌면 바다에 이는 물결과 같습니다.

물결이 거세게 솟구쳐도 물결은 물일 뿐입니다.
물은 솟구치는 물결을 탓하지 않습니다.
마음도 역시 그렇습니다.
마음은 좋은 마음이든 싫은 마음이든
별로 상관치 않습니다.
그냥 다 한마음의 현상이기 때문입니다.
그러나 어리석은 사람은 일어난 마음을 쫓아가고
깨달은 사람은 그냥 바라볼 뿐입니다.
깨달은 자가 한가한 이유입니다.

깨달은 사람은 바쁠 이유가 없습니다.

바쁜 가운데 한가함.

이것이 깨달은 사람의 삶의 모습입니다.

우리는 마음을 가지고 살아도 마음을 모릅니다.

마음이 얼마나 넓고 높은지 우리는 알지 못합니다.

우리는 그냥 다가오는 마음만 알 뿐입니다.

그것은 얕고 얕은 마음일 뿐입니다.

우리는 다만 그 표면의 의식을 따라 살고 있을 뿐입니다.

우리들 감정의 일상은 마치 물결치는 바다에 떠 있는

조각배와도 같습니다.

그래서 삶이 늘 불안합니다.

슬픔과 분노, 질투와 미움 그리고 불안과 좌절은

모두 표면의 마음일 뿐입니다.

깊은 슬픔과 깊은 좌절은 마음의 근본에서 보면

모순의 조합입니다.

그것은 모두 결코 깊을 수 없는

표면의 마음이기 때문입니다.

마음을 알아버린 사람은

더 이상 마음에 꺼둘리지 않습니다.

깊은 바다가 파도를 모르듯

그는 언제나 고요하고 평화롭습니다.

바빠야 할 이유가 없습니다.

그래서 한가로울 뿐입니다.

졸리면 자고 배고프면 밥 먹을 뿐입니다.

나는 이 넓디넓은 마음이 궁금합니다.

그 마음에 이르면 나도 역시 그렇게 한가로워질 수 있을까.

마음의 표면에서 일어나는 모든 일을

먼 마을의 연기처럼 바라볼 수 있을까.

마음의 표면을 따라 일렁이므로 우리는 지쳐갑니다.

그대 고요하고 싶은가요.

좀 더 마음 깊이 들어가십시오.

주시하면 그대는 좀 더 마음 깊은 곳에서

지금까지와는 다른 고요한 평화를 만날 수 있습니다.

지금 보이는 그대로가 그대의 전부가 아니라는 사실을
그대는 믿어야 합니다. 그대가 한 번도 그려본 적 없는
모습이 그대에게 있다는 것을
그대는 주시를 통해 알게 될 것입니다.

기차가 달립니다. 나는 그 자리입니다.
눈을 감고 나를 봅니다.
이 순간 내게서 아무것도 달리는 것이 없습니다.

기차는
지나칠
뿐입니다

기차를 타면 글을 쓰고 싶어집니다.
빗방울 부딪치는 창에 머리를 대고 그 이유를 묻습니다.
기차는 어쩌면 제게 상징인지도 모릅니다.

만남의 기쁨과 헤어짐의 슬픔.
좌절 속으로 돌아가는 길이기도 했고
좌절로부터 벗어나는 길이기도 했습니다.
기차는 다시 꿈을 찾아가는 것이기도 했고
꿈을 잃고 돌아가는 길이기도 했습니다.

기차는 내 인생의 순간들을
가로등처럼 불 밝히고 있습니다.
기차를 타면 뿌연 가로등 불빛 아래
슬프게 드러난 삶의 시간들을 만납니다.
수많은 이야기를 안고 있는
지나온 생의 시간들은 마치 제가
기차를 타는 순간을 기다려온 것만 같았습니다.

저는 순하게 창가로 흘러내리는
그 긴 시간의 이야기를 듣습니다.
어떤 때는 정답고 어떤 때는 슬픈 눈망울을 글썽이는
그 이야기를 들으며 슬프고도 아름다운 인생에
따뜻한 손길을 내밉니다.

기차 안에서 지나간 시간의 풍경들과 이야기를 나누다 보면
자신이 무척이나 측은하게 보입니다.
자신에게 연민이 일어납니다.

기차 안에서 저는 비로소
저를 용서하는 법을 배웁니다.
못난 자신의 모습은 배척해야 할 대상이 아니라
안아주어야 할 대상이라는 것을 깨닫습니다.
그 못난 모습으로 힘든 시간을 살아왔으니
얼마나 아팠을까, 못난 시간 속의 내게
내가 이렇게 말을 건넵니다.

그러면 가슴 저 밑에서부터
따뜻한 온기가 차오름을 느낍니다.
남을 용서하듯 자신을 용서할 수 있어야 합니다.
연민은 내게도 타인에게도 따뜻한 삶의 온도를 전합니다.

기차가 안고 가는 풍경은 모두 지나치는 것이 됩니다.
기차는 수많은 풍경을 지나왔으나
어떠한 풍경도 안고 달리지 않습니다.
많은 것을 보았으나 연연하지 않고
가지려 하지 않습니다.
그래서 기차는 때로 의연하고 무심해 보입니다.
기차를 좋아하는 이유입니다.
우리는 인생의 얼마나 많은 풍경을 지나왔을까요.
그리고 앞으로 얼마나 많은 풍경을
만나며 살게 될까요.
긴 집착의 시간을 지나면 우리 모두
기차처럼 달리게 될 것입니다.
수많은 풍경을 보았으나 그 어느 것도 집착하지 않는
의연함으로 달리게 될 겁니다.

우리 모두는 '나'라는 기차로
인생을 달리고 있는 중입니다.
어떤 기차는 멈추어 있을 수도 있고
어떤 기차는 궤도를 이탈했을 수도 있습니다.
하지만 우리는 다시 일어나 달려야 합니다.
기차의 생명은 달리는 것에 있기 때문입니다.

달리고 있는 기차는 멈추거나 궤도를 벗어나지 않습니다.
기차에 수많은 추억과 풍경이 따라오는 것도
달리고 있기 때문입니다.
달리는 기차만이 추억의 아름다움을 만날 수 있고
자신을 용서하며 타인에게 따뜻한 손을 내밀 수가 있습니다.
그래서 아름답게 인생의 종점에 이를 수가 있습니다.

당신의 기차는 지금 달리고 있나요?

빛은

가장 낮은 곳부터

축복합니다

세상의 모든 햇살은 가장 낮은 곳에 자리한 바다에
가장 먼저 찾아와 빛나기 시작합니다.
가장 낮은 곳을 향한 축복입니다.
가장 낮은 곳을 향해 경배하는 햇살의 모습은
그래서 눈부십니다.

어떻게 알았을까요.

가장 낮은 곳에서 눈부신 아침이 열려야 한다는 사실을.

하늘은 지혜의 눈을 가지고 있습니다.

그래서 우리의 육안으로는 감히 보지도 못하는

가장 낮은 저 깊숙한 자리를 능히 보는 것입니다.

가장 낮은 곳에 자리한 그래서 아름다운 바다.

햇살은 그곳을 찾아가 가장 신성한 입맞춤을 하는 것으로

세상의 아침을 엽니다.

우리는 햇살이 바다에 가장 먼저 찾아와

세상의 아침을 여는 이야기를 알지 못합니다.

그래서 가장 낮은 곳이 가장 아름답고

성스럽다는 사실을 알지 못합니다.

우리는 낮아지기를 거부합니다.

낮아지면 찾아오는 가치들의 그 눈부심을 알지 못합니다.

스스로 높아지고자 하는 마음 하나로 살아가고 있습니다.

경쟁에서 이겨야 한다는

강박에 쫓겨 살아가고 있습니다.

"어렵게 논 계단을 밟고 올라가
농사를 짓는 일은 좋지만
남을 밟고 올라가는 일은 차마 할 수 없어요.
그것은 모두에게 상처로 남을 테니까요."

인도네시아의 어느 농부가 했던 말이 햇살이 됩니다.

어디 햇살이 빛나지 않는 날이 있겠습니까.
구름 낀 날에도 바람 거센 날에도
햇살은 가장 낮은 곳을 찾아옵니다.
인도네시아의 농부에게도, 산중 소박한 암자의 산승에게도,
아이를 품고 미소 짓는 엄마에게도,
주름진 얼굴로 서로 마주보며 미소 짓는 노부부에게도
햇살은 흐린 구름을 뚫고 어김없이 찾아옵니다.

그들이 있어 흐린 날에도
세상은 햇살로 빛이 납니다.
그대가 낮아질수록 세상은 햇살로 충만합니다.

바빠도
한가하게 사는
방법이 있습니다

당신의 삶은 한가로운가요.

몸이 바쁘다고 한가롭지 않은 것은 아닙니다.

마음이 바쁘지 않다면 당신은 한가로운 사람입니다.

기쁨, 슬픔, 행복, 좌절, 고통, 안락,

그 모두가 본래의 마음자리에서는

똑같은 것에 지나지 않습니다.

본래 마음자리에는 그래서 하나의 일도 없습니다.

본래 무일사이니 한가하고 여유로울 뿐입니다.

명나라 탕빈윤의 《독서보讀書譜》에
원황이 쓴 〈정좌공부靜坐工夫〉라는
글이 나옵니다.

"정좌靜坐를 하려면 먼저 식심息心,
즉 마음을 차분히 가라앉혀야 한다.
일상 속에서 그때그때 연습해서
참기 어려운 것을 참아내고 버리기 힘든 것을 버린다.
한 가지를 참아내니 딱 그만큼의 수용受用이 생겨나고,
한 가지를 덜어내자 그것만큼 편하고 즐거워진다.
오래 익혀서 정좌공부가 점차 익숙해지면
저절로 접촉하는 곳마다 유익함이 있다.
하루 중에 틈이 나면 마음이 끌리는 대로 한두 시간 정좌한다.
이를 두고 기식氣息을 조화롭게 해서
몸과 마음을 내려놓는다고 말한다."

마음을 쉬지 않으면 즐거움과 편안함은 없습니다.
공부가 익으면 경계를 만나도 마음이 일어나지 않게 됩니다.
그냥 고요할 뿐입니다. 들었으나 듣지 않았고
보았으나 보지 않은 적요한 마음의 세계를 알게 됩니다.

하늘 이토록 맑고 바람 이렇게 한갓지게 노니는 세상에
나만 한가로움을 잊고 분주하다면
그것은 얼마나 어리석은 일인가요.

"종일 누구를 위해 바쁠 건가."
바쁘게 오가는 마음을 부여잡고 사는 사람들을 향해
선사들은 이렇게 말씀하셨습니다.
열심히 살지 말라는 말씀이 아닙니다.
그것은 분주한 마음에 내리는 경책입니다.

바람처럼 노닐고 구름처럼 떠가는 마음에는
자취가 없습니다.
자취가 없으니 언제나 청정합니다.

아무리 바빠도 마음은 여유롭게
비워두는 연습을 해야 합니다.

그대의 마음 안에 한가롭게 노니는
구름 한 점 바람 한 점 나무 한 그루
들여놓으시기 바랍니다.

사랑이 여기 있는데

우리가 모르고 있을 뿐입니다

어르신 한 분이 꽃을 들고 버스를 기다리고 있습니다.
중절모에 단정한 양복을 입으셨습니다.
차를 타고 지나가며 나는 그 모습에 눈길을 떼지 못했습니다.
꽃을 들고 누구에게 가시는 걸까.
할머니에게 선물하려는 걸까.
꽃을 받는 할머니는 얼마나 행복한 미소를 지으실까.
나는 상상했습니다. 꽃과 노후 그 사랑의 부드러움과 행복을.

우리는 더러 사랑의 시간은 지나갔다고 이야기합니다.
하지만 지나간 것은 아무것도 없습니다.
그냥 덧없는 생각이 지나갔을 뿐입니다.
그대가 꽃을 들고 누군가를 찾아가는 순간
혹은 누군가를 기다리며 찻집에서 설레는 순간
그대의 흰 머리와 잦아진 주름살에도 사랑은 피어납니다.

나이가 들었다고 외로움만이 벗이 되지 않습니다.
중절모에 햇살이 내려앉고 할아버지가 든 꽃 위로는
사랑의 눈빛이 내려앉습니다.
황혼의 인생이 그려가는 그 소년 같고 소녀 같은
사랑의 이야기는 얼마나 향기롭고
사랑의 표정들은 또 얼마나 따뜻할까요.

젊어서 나눈 사랑의 말들이 뜨거운 것이었다면
늙어서 나누는 사랑의 말들은 따뜻합니다.
가끔 뜨거운 사랑의 말들은 이내 식어
차가움으로 변해버리지만 따뜻한 사랑의 말들은
식어도 긴 따뜻함의 여운을 남겨놓습니다.
결코 뜨겁지 않았으므로
차가움을 느껴야 할 이유 또한 없습니다.
사랑과 이별이 모두 아름다운 것이 어쩌면
노후의 사랑이라는 생각이 듭니다.

나는 꽃을 들고 있는 할아버지의 만남뿐만이 아니라
이별까지도 떠올려보았습니다.
꽃을 들고 사랑을 찾아갔으나 사랑이 차마
그 꽃을 받을 수 없다고 했을 때
할아버지의 표정과 마음을 그려보았습니다.
눈에는 눈물을 글썽이며 꽃을 내려다보다가
눈물 한 방울이 떨어지면 할아버지는
가만히 웃음 지으며 돌아서겠지요.

입으로는 차마 못한 안녕이라는 말을

돌아서 가는 걸음걸음마다 되뇌며 가게 될 겁니다.

이별이 사랑의 끝이 아니라

사랑을 마음에 새기는 시간이라고

할아버지는 말할지도 모릅니다.

노년은 이별까지도 사랑이 되는 마음의 도량이 있습니다.

넓고 따뜻한 마음의 도량이 있어

노년의 사랑은 더욱 멋지게 다가옵니다.

깔끔한 차림의 할아버지.

꽃을 들고 즐겁게 버스를 기다리는 그 모습이

내게 사랑을 깨웁니다.

사랑은 지나가는 것이 아니라 언제나 여기 있다는 것을.

사랑은 언제나 여기 있는데 우리만 모르고

사랑을 지나쳐 가고 있을 뿐입니다.

꽃보다 예쁜 할아버지의 사랑 이야기는

내 마음속에서 아마 한참 더 이어질 것만 같습니다.

2

우리가 우는 이유

슬프면 슬픔 속으로 뛰어들고 힘들면 힘든 속으로 뛰어들라.
그러면 슬픔도 힘듦도 없는 곳에 이르리라.

그대 마음은
지금 어떤 소리를
내고 있나요

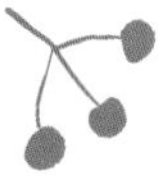

즐겁고자 하면 무엇이든 즐겁게 해석이 되고
우울하고자 하면 무엇이든 우울하게 해석됩니다.
마음의 놀라운 힘을 알게 됩니다.
하지만 마음의 진정한 힘은 기쁨과 행복에 있습니다.
다만 그 놀라운 힘이 인연을 따라 슬픔도 되고
외로움도 되고 그대를 바보처럼 만드는 눈물도 됩니다.

우리가 행복해야 한다고 다짐하는 것은
우리 안에 행복이 있기 때문입니다.
우리가 괴로움을 벗어나야겠다고 마음먹는 것은
괴로움이 우리 안에 없는 것이기 때문입니다.

괴로움은 밖에서 들어온 것일 뿐입니다.
그래서 안에서 거부하는 것입니다.
우리가 사는 것이 힘들고 괴로운 것은 밖에서 들어온
좋지 않은 것이 너무 많기 때문입니다.
그것은 모두 볼품없고 거친 침입자들입니다.

분노와 욕설과 시기와 모함은
내 안에는 본래 없는 것들입니다.
그것들이 안으로 들어오면 본래 우리 안에 있는
행복과 이해와 사랑이 그것들을 밀어내기 위해
온 힘을 다하게 됩니다.
슬퍼하거나 울지 마세요.
그냥 환하게 웃으세요.

슬픔과 눈물은 밖에서 온 것이고
웃음은 우리 안에 있던 것입니다.
그러니 우리 안에 본래 있는 것들과 친하게 지내야 합니다.
마음은 언제나 우리에게 그렇게 말하고 있습니다.
다만 우리가 그 마음의 소리를 듣지 못할 뿐입니다.

우리는 마치 급류에 휩쓸려 가는
나무토막과 같은지도 모르겠습니다.
감정의 급류, 탐욕과 분노의 급류에 휩쓸려 가느라고
마음의 참된 소리를 듣지 못하고 있습니다.
그때마다 호흡을 통해서
우리는 집으로 돌아와야 합니다.
호흡에 유념하는 순간 물살의 속도는 느려지고
우리는 마음의 소리를 듣게 됩니다.
고요와 평화의 소리를.

빗소리를 듣듯 마음의 소리를 들으세요.
그러면 한결 평화로워지는 자신을
경험할 수 있을 겁니다.

비가 옵니다.
추녀 끝에서 떨어지는 빗방울이
고요 위에 소리의 동심원을 그립니다.

삼천 년의 생을 지나
당신과 내가
만났습니다

매화꽃이 피었습니다.

남녘은 이미 져버린 꽃들을 추모라도 하듯이

천안에는 이제야 매화가 피었습니다.

천여 년 전 향기가 매화에게서 나는 듯합니다.

천흥사 오층석탑의 냄새가

꽃향기라는 것을 매화가 알려줍니다.

오늘 오층석탑 주위를 청소하면서
다시 천년 후의 누군가를 떠올립니다.
천년 후 다시 내가 이 절의 주지로 서 있을 수도 있고
오늘 함께 청소했던 분들 가운데 누군가도 나처럼
천흥사 오층석탑에 서서 매화의 향기를 맡으며
시간 저편의 흔적들을 유추할지도 모릅니다.

시간의 영원성은 이렇게
기억의 윤회로 분명해지는 것 같습니다.

가만히 생각해보면
오늘 내가 천흥사에 온 것도 우연은 아니고
나와 함께 석탑 주위를 청소한 분들도
모두 우연은 아니라는 생각이 듭니다.
언젠가 왔었기에 다시 이곳을 찾아왔고
언젠가 만났기에 다시 이렇게 만날 수 있는 것입니다.

지금 나와 만나고 있는 당신은

아득한 시간의 저편에서 내게 무어라 불렸던 분일까요.

나는 때때로 당신의 명칭이 궁금하기도 합니다.

언젠가 다시 오고 그 언젠가는 또다시 만날 우리들.

그래서 오늘 당신과의 인연이

내게는 더없이 귀하고 귀한 것이 됩니다.

침묵은

경청의

다른 말입니다

봄비가 마치 장맛비처럼 옵니다.

고요한 산사에 빗소리가 촉촉하게 내립니다.

문 열고 앞산을 바라보니

앞산은 아주 깊은 표정으로 앉아 있습니다.

빗소리만으로도 충분한 산사에 언어는 나약할 뿐입니다.

이렇게 고요히 비가 내리는 아침이면

자연스럽게 침묵과 만나게 됩니다.

고요히 앉아 입을 닫고 있으면
이 침묵이 사람들과 만나 이야기하고 웃는 것보다
더 좋아지는 것을 느낄 수 있습니다.
침묵이 금이라는 말을
비가 내리는 산사의 아침은 선명하게 일깨워줍니다.

좌복에 앉아 다시 마음을 봅니다.
입은 침묵하나 마음은 수없는 생각들이 들끓어 오릅니다.
마음의 침묵은 이루지 못하고 있다는 것을 보게 됩니다.
생각으로 솟아오르는 것을 하나씩 바라보니
내 마음이 얼마나 보잘것없는 것들로
채워지는지를 알게 됩니다.

보잘것없는 생각의 아우성을 안고 사는
내 삶이 문득 초라해 보입니다.
침묵하지 못하는 마음은 어쩌면 누구에게나
그렇게 초라할 것만 같다는 생각이 듭니다.

봄날 빗소리는 보석같이 다가옵니다.
빗소리를 경청하니 침묵의 즐거움을 알 것 같습니다.
침묵이 경청의 다른 말이라는 것을
나는 이 빗속에서 깨닫습니다.

경청이 상대에 대한 존중이라면
침묵은 자신에 대한 존중입니다.
그러니 상대를 존중하는 것과 나를 존중하는 것이
다르지 않다는 것을 알게 됩니다.

비가 촉촉이 내립니다.

젖어오는 빗소리가 좋아

나는 침묵합니다.

말이란 참 부질없습니다.

말이 없으니 이리도 좋은 시간을 만납니다.

빗소리가 촉촉한 손길로 내려 말들을 겸손하게 합니다.

접시꽃 속에서 살았습니다

바다를 배경으로 피어난
접시꽃이 눈길을 잡았습니다.

바다가 들어와 앉아도
좁을 것 같지 않은 접시꽃이
바다보다 넓게 보였습니다.
바다를 보나 바다는 보이지 않고
접시꽃만 보이는 순간 접시꽃은
바다보다 넓은 것이 되었습니다.

접시꽃의 인상이 깊게 남은 곳이 있습니다.
대관령 고갯길 작은 집 담장에서였습니다.
젊은 스님의 토굴에 함께 기거하던 그 시절,
접시꽃을 보는 것이 내게는 즐거운 일이었습니다.

접시꽃을 보면
인자한 젊은 스님을 보는 것만 같아
보고 또 보곤 했습니다.
농가에 일손을 도우러 나갔다가
저물녘 돌아오는 스님의 모습이 쓰러져가는
담장 안쪽에 핀 접시꽃만 같았습니다.
분홍색 접시꽃 안에 머무는 바다는 얼마나 포근할까.

내가 젊은 스님의 토굴에서
함께 기거하던 시간도 그랬습니다.
내 생애 가장 가난한 날들이었지만
가장 따뜻한 날들이기도 했습니다.

바다는 접시꽃 안에서 분홍빛 꿈을 꾸고
나는 접시꽃을 바라보며
가난한 날들의 행복을 돌아봅니다.

그대가 아프므로
나도 아픕니다

어느 신문의 기사 제목을 읽었습니다.
〈새벽 5시 섭씨 32도의 인력시장 눈물 같은 땀이 흐른다〉

눈물은 눈에서 흘러 눈물이라고 합니다.
하지만 온몸 전부가 눈이 되어
살길을 찾는 사람들에게 눈물은
온몸에 흘러내립니다.

가슴에서도 두 팔에서도 두 다리와 발바닥에서도
눈물을 흘리며 살아야 하는 사람들이 있습니다.
새벽 인력시장에 노동을 팔기 위해
줄을 서 기다리는 사람들이 그렇고,
새벽 거리를 청소하는 청소부들이 그렇고,
새벽시장을 여는 사람들이 그렇고,
산업 현장에서 고된 야근을 하는 사람들이 그렇습니다.

온몸이 눈물이 되어야 살 수 있는 사람들.
어느 순간도 한눈팔지 않고 생존에 집착해야
살아갈 수 있는 사람들에게 이 무더위도
그들을 멈춰 세울 수는 없습니다.

무더위 속에서도 온몸으로 눈물 흘리며
노동이 팔려갈 때를 기다리는 그들의
기다리는 마음은 역설적이게도
얼음장보다 차가운 것인지도 모릅니다.

힘든 사람을 보고 가슴이 아프지 않다면
어떻게 사람일 수 있을까요.
누군가의 주림과 눈물 앞에서
포만의 웃음을 내보인다면 그것은
얼마나 비정한 짓인가요.
그대가 아프므로 나도 아프다는
유마의 한 마디는 또 얼마나 인간적인가요.

새벽 인력시장에 온몸으로 눈물을 흘리며
노동이 팔려 나가기를 기다리는 한 장의 사진이
잊고 있던 내 '사람의 자리'를 일깨웁니다.
나는 너무 무심하게 살았습니다.
유마의 아픔과는 먼 자리에서 살고 있다는
자괴감에 부끄러웠습니다.

그 사진은 어쩌면 유마거사가
나에게 보낸 편지인지도 모릅니다.
나는 그 편지를 읽고 또 읽습니다.

"그대가 아프므로 나도 아프다."
이 말씀은 이제 나의 기도문이 되었습니다.

스스로 보고자 하면

빛의 길은

분명 보입니다

흐린 하늘 가운데 선처럼 드러난 푸른 하늘 한 줄기.
내 눈길은 하늘 전부를 점령한 흐린 하늘이 아니라
가늘게 펼쳐진 푸른 하늘만을 응시합니다.
내 마음도 저 하늘과 같아 악은 많고
선은 적을지도 모릅니다.
하지만 악을 보지 않고 선만 본다면
내 마음속 악은 있으나 있는 것이 아닙니다.

선을 드러내어 보이는 것이 쉬운 일이나
우리는 악을 드러내기를 좋아합니다.
선을 드러내어 서로 화합하고 사랑하면
그것이 유쾌하고 행복한 일이지만
우리는 곧잘 그 좋은 일을 마다하고
서로 다투고 인상 쓰는 일을 선택하고는 합니다.

어떤 사람이 자기를 사랑한다고 말하고도
자기에게 해로운 일만 한다면
그는 자기를 사랑하는 사람이 아닙니다.

그것은 서로 싫어하는 사람들이 하는 행위를
자신에게 하고 있기 때문이라고
경에서는 말하고 있습니다.

내가 나를 위해 뱉었던 욕설, 분노, 시기, 질투는
자신을 위한다고 한 행위이지만
그것은 오히려 자신을 해하는 행위로
끝나버리고야 맙니다.
서로 미워하는 사람들이 하는 행위를
스스로에게 한 꼴입니다.

우리는 가끔 때로 자주 그렇게 삽니다.
그것은 마치 흐린 하늘에서 먹구름만 보는 것과 같고
보배로운 마음에서 탐욕과 분노와
어리석음만 보는 것과 같습니다.
나는 하늘이 흐려도 푸른 하늘 한 점을 찾기 위해 노력하고
마음에 분노가 가득할 때도
평온의 흔적을 찾기 위해 노력합니다.
그러면 빛의 길이 보입니다.

스스로 보고자 하면 빛의 길은

반드시 보이게 되어 있습니다.

다만 스스로 보고자 하지 않는 것이

문제일 뿐입니다.

오늘 하늘 흐려도 나는 선같이 가늘게 이어진

푸른 하늘로 두 눈을 가득 채웁니다.

마음에 담는 세상이 자신의 세상이기 때문입니다.

외로워서
행복합니다

하늘은 이미 가을입니다.
하늘은 잔설처럼 더위가 남아 있는 지상을 내려다보며
점령의 시간들을 체크하고 있는 것만 같습니다.
전령처럼 입추는 이미 내려와
더위의 적진을 기습하고 있습니다.
전령인 입추가 하늘을 향해 신호하면
하늘 가득한 가을은 함박눈처럼 쏟아져 내려
더위를 초토화할 것만 같습니다.

이른 아침
가을로 물든 하늘을 보면서 기분이 좋았습니다.
외로운 산중에 계절은 가장 먼저 찾아와
그 외로움을 달래줍니다.
하늘 가까운 곳이라 하늘을 타고 온 가을도
오늘 이른 아침 산중을 소리 없이 방문했습니다.

세상에는 아직 보이지 않은 모습 내보이며
가을에는 행복할 거라고 말합니다.
나는 하루에 몇 번은 행복할 거라는 이야기를 듣습니다.
아침 햇살과 한때의 바람과 어둔 하늘의 별들이
내게 행복한 밀어를 들려줍니다.

날이 가고 계절이 오가는 산중에서
그 이야기들은 이미 낙엽처럼 수북이 쌓여 있고
내 인생의 뿌리는 그 자양을 흡수하며
아름드리나무로 자라고 있습니다.

내 인생이 아름드리나무로 자라면 제일 먼저
그늘을 드리우고 오가는 나그네를 편히 쉬게 하겠습니다.
그다음에는 새들이 둥지를 틀고 편하게 깃들도록 하고
밤이면 달빛과 별빛이 즐겁게 뛰어놀도록 하겠습니다.

그리고 바람이 부는 날이면
뿌리에 더욱 힘을 주고 버티어 서서
바람을 안아주겠습니다.
언제나 외롭게 달려온 바람에게
따뜻한 가슴의 이야기를 들려주겠습니다.

나는 외로우나 행복합니다.
외로워 오히려 따뜻한 가슴으로
당신을 바라볼 수 있습니다.
외로움도 행복이라는 것을
산중의 모든 것들이 일깨워줍니다.

계절이 가장 먼저 찾아오고 하늘 맑은 곳에서
나는 가장 맑은 영혼의 기도를 올립니다.
그냥 이 사랑 안에서 살다가 별이 지듯
그렇게 떠나게 해달라고.
가을이 하늘을 내려와 성큼 가슴에 안깁니다.

당신은 어떤 기도를 하는가요.
기도는 아름다운 사랑을 마중하는 일입니다.

몸보다
이제는
마음을 챙기세요

"좋은 생각만큼 훌륭한 동행은 없어요.
화내지 않고 욕심내지 않고
헛된 기대 없이 살 수 있는 것도
다 좋은 생각 덕분이지."

티베트의 늙은 두 여인이
황량한 티베트 고원길을 걸어가며 대화를 나눕니다.
마른 빵 조각을 씹으며 황량한 햇살 아래
잇몸을 드러내며 환하게 웃는 모습이
텔레비전 화면 속에 클로즈업될 때
나는 마치 삶의 무슨 보물을 발견한 듯한 기분이 들었습니다.

삶은 어쩌면
저 마른 빵 한 조각으로도 충분한 것이 아닌가.
마른 빵 한 조각의 삶이 결핍으로 다가온다면
그것은 삶의 결핍이 아니라 마음의 결핍이 아닌가.
두 여인의 마른 빵조각은
내게 그것을 일러주고 있었습니다.

"이제는 몸보다 마음을 챙겨야겠어.
몸은 늙고 죽는 덧없음을 벗어나지 못해."

삶에 가장 소중한 가르침이 일상 속에서
일상적인 언어로 흘러나오는
늙은 두 여인의 삶이
참 수행이라는 것을 보았습니다.
수행은 들꽃 같은 것이고
티베트 여인들의 대화 같은 것인지도 모릅니다.
누가 보아주지 않아도 가장 아름답게 피어나는 들꽃처럼
마른 빵 한 조각에도 미소 지으며 마음을 챙겨야겠다는
티베트 여인의 대화처럼 수행은 그런 것이어야 합니다.

세상에 위대한 수행자도 많지만
내게는 티베트의 늙은 두 여인이
아주 멋진 수행자로 다가왔습니다.
그 말들이 들꽃처럼 아름답게 흔들리며 다가와
내 마음의 문을 엽니다.

당신에게
좋은 인연이
오고 있는 중입니다

오늘 제가 진행하는 방송 첫 곡은
〈Oh, What a Beautiful Morning〉이었습니다.
땡볕으로 시작하는 이 아침 너무 짜증 내지 말라고
아침을 예찬하는 곡으로 시작했습니다.
음악을 들으며 나는 눈부신 아침 햇살과
투명하게 고운 바람결을 떠올렸습니다.

눈을 감고 음악을 듣고 있는 동안
나의 아침은 폭염의 아침이 아니었습니다.
브린 터펠의 음성이
여름날 아침의 폭염을 잠시 잊게 합니다.

방송을 한 지도 10년이 훌쩍 지났습니다.
무슨 인연으로 나는 이렇게 방송을 하고 있는 것일까.
그 시작은 간단한 전화 인터뷰에서부터였습니다.
일주일에 한 번 10분씩 산중의 삶을 이야기했던 것이
그 시작이었습니다.
추석 특집 방송을 스튜디오에서 하게 되었고,
그때 인연으로 본격적인 방송을 하게 되었습니다.

인연은 어느 날 이렇게 갑자기 옵니다.
하지만 그것은 긴 시간을 조용히 흐르며
다가왔던 것인지도 모릅니다.
조용히 다가오고 있었으나 알아차리지 못하는 것,
그것이 인연의 모습입니다.

돈을 벌 인연이 오지 않았다고 포기하는 사람은
평생 돈 벌 인연을 만나지 못합니다.
성공하지 못했다고 절망하는 사람에게도
인연은 찾아오질 않습니다.

그것은 인연의 진행이 끊어지기 때문입니다.
인연은 현재의 노력을 통해서 이어지고
그러다 어느 날 갑자기 모습을 드러냅니다.
인연이 현실이 되어 왔을 때의 즐거움은
노력하는 자의 것이기도 합니다.

너무 이른 포기나 불만은 인연의 길을
영 막아버리고야 맙니다.
부자가 되고 싶다면 인연의 길을 잘 열어두어야 합니다.
노력하고 베풀면 곧 부자가 됩니다.
성공하고 싶다면 자비의 마음을 가지면 됩니다.
부자나 성공은 결코 혼자서 할 수 있는 것이
아니기 때문입니다.

또 다른 좋은 인연들과의 조화가 없다면
그것은 가능하지 않기 때문입니다.
혹 혼자만의 인연으로 부자가 되었다고 해도
그것은 곧 사라져버리거나
불안과 공포로 지속될 뿐입니다.

당신이 원하는 인연은 당신을 향해
조용히 다가오고 있습니다.
인연의 만개를 보고자 한다면
노력과 복을 짓는 공덕이 필수입니다.
그러면 당신도 당신이 꿈꾸는 인연의
주인공이 될 수 있습니다.

포기하려는 그 순간이
인연이 가장 가까이 와 있는
순간이라는 사실을
기억해야 합니다.

하늘에는
  우리가 모르는 이야기들이
살고 있습니다

가을비가 그쳤습니다.

비가 그친 아침에 새들이 찾아와 노래를 합니다.

"안녕, 좋은 아침이야. 노래를 해봐. 아침의 노래를.

그것은 시작이고 희망이야.

아침을 노래하지 않으면 평화로운 저녁도 없는 거야."

비가 오는 동안 새들은
어디에서 아침을 노래하고 있었을까요.
새들은 비가 없고 햇살이 눈부신 곳을 찾아 날갯짓하며
희망과 시작의 의미를 어느 곳에 모종하고 다녔을까요.
새들의 날개가 빛이 나는 것도
햇살을 찾아 날갯짓하던 그 시간들 때문이었을 겁니다.
새들의 음성이 이렇게 투명한 것도
맑은 햇살을 목으로 삼키며 어둠을
스스로 지웠기 때문일 것입니다.

스스로 하늘을 날아 스스로 가벼움을 내보이는 새들에게
햇살은 즐겁게 내려와 하늘의 투명한 이야기를
들려주었는지도 모릅니다.
우리가 사는 세상의 이야기도 아름답지만
하늘의 이야기에는 이곳에 없는 게 있습니다.
퇴색하지 않는 그리움입니다.

눈물이 아닌 햇살처럼 빛나는

그런 그리움이 하늘에는 있는 것 같습니다.

그리움이 오래되면 투명해지고 고와진다는 것을

하늘은 햇살을 통해서 혹은 새들의 날갯짓과

노래를 통해서 알려줍니다.

햇살을 타고 내려왔을까요.

아님 새들의 날갯짓을 타고 내려왔을까요.

아주 곱고 투명한 부모님의 음성이 들리는 것 같습니다.

"잘 지내니. 참 좋은 인연이었지.

날마다 네가 기도하는 소리를 들어.

아직도 잊지 않고 기도해주어 고마워.

우리는 또 만나게 될 거야. 이렇게 웃으며."

비가 그치고 새들이 노래하고
푸른 하늘이 조금씩 열립니다.
나는 맑은 차 한 잔을 올리며
참회와 사랑의 긴 편지를 씁니다.

새들이 노래하는 도량에 아침 햇살이
하늘에서부터 내려오고 있습니다.

감을 바라보며
명상합니다

감 몇 개 가지에 달렸습니다.

찬바람 속에서도 끝내 떨어지지 않는

저 감은 누구를 기다리는 것일까요.

스스로 추위를 견뎌가며 그 붉은 속살을 지키는

초겨울의 감을 바라보며 누군가를 위한다는 것은

저쯤 되어야 하는 것 아닐까 하는 생각을 해봅니다.

누군가를 위한다고 하지만 시련이 다가오면
이내 놓아버리는 그 얕은 마음으로는
저 찬바람 속 감의 마음을 알 수는 없습니다.

감이 떨어져 사라지기 전까지
나는 누구를 위해 기다리는 중이라고
말하지 않기로 했습니다.
고독할수록 빛나는 저 기다림 앞에서
나의 기다림은 사소한 것이 되고야 맙니다.

누군가를 기다린다는 것은
시린 추위의 아픔을 기꺼이 견디는 것입니다.
시린 추위가 오기도 전에
수없이 버렸던 마음들은 얼마나 많았던가요.
봄만을 찾던 그 마음이 속되고 속될 뿐입니다.

앙상한 가지에 달린 감에서 빛이 납니다.
추위마저도 빛이 되는 그 마음에
기다림의 의미를 묻고 또 묻습니다.
내 마음속에 들어와 의미가 되어버린 감 때문에
올겨울은 유난히도 참회할 것이 많을 것만 같습니다.

기다리지 못했으므로
익지 않았던 내 생의 모든 시간들을 향해
올겨울 내내 긴 참회를 해야만 할 것 같습니다.

깊이 듣고

깊이 바라보면

고요해집니다

어둠 너머 태양의 붉은 기운들이

일출의 전령사처럼 행진하고 있습니다.

일출보다 앞서 사람들은 집에 불을 밝히고

일출을 맞을 준비를 하고 있습니다.

하루를 시작한다는 일의 신성함을

오늘 아침 이렇게 만납니다.

하루가 얼마나 신성하게 열리고
그 속을 살아가는 사람들이 얼마나 거룩한 존재인지
이 시간은 조용히 일깨워줍니다.
산에서 바라보면 삶은 기도처럼 성스럽고
은밀하고 아름답습니다.
그 시간 속을 살아가는 사람들 역시
거룩한 경배의 대상이 됩니다.
출가자가 왜 산에 살아야 하는지,
산속의 암자가 어떤 의미인지,
아침 풍경과 마주할 때면 그 의미가 선명하게 다가옵니다.

누구나 산에 들어 살고 싶지만 그러지 못하는 것은
애욕이 엉켜 있기 때문이라고 원효스님은 말씀하셨습니다.
애욕을 받아들이지 않는 산은
이미 무욕으로 청정합니다.
청정한 산에서 바라보는 세상은 그래서
또한 청정해 보입니다.
그것은 세상의 희망과 이상을 보게 합니다.

마치 중생 속에서 부처를 보듯
산중 암자에서 세상은
그렇게 아름답게 다가옵니다.

세상에 희망이 없다고 말할 때 세상의 희망을 말하고,
사람들에게 더 이상 기대할 것이 없다고 말할 때
그래도 사람만이 모든 기대의 전부라고 말할 수 있는
그런 누군가가 있어야 합니다.
모두 다 진리를 떠나 살고 있을 때
진리의 소중함과 가치를 말하는 누군가가 있어야
세상은 다시 피안의 이상을 품게 됩니다.

산중의 암자는 그런 이야기들을
내게 들려줍니다.
나는 조용한 경청자가 되어
암자에서 살아갑니다.

고요해지면 깊이 듣게 되고
낮아지면 깊이 바라볼 수 있게 됩니다.

깊이 듣고 깊이 바라보면
모든 것이 아름다운 가치로 다가옵니다.
이 고요한 가치의 충만이 나를 가득 채웁니다.

바름이
세상을
조화롭게 합니다

눈이 옵니다.

하얀 눈 위에 발자국을 찍습니다.

발자국 안에 내 인생이

오롯이 담겨 있는 것만 같습니다.

한 발자국 걷고 걸어 내가 이른 곳은 어디인가.

산중 암자에서 나는 내가 서 있는 곳을 묻습니다.

공간적인 대답은 간단하지만
의미는 간단하지가 않습니다.
우리가 세상에 태어나 살아가고 있는 길은
어쩌면 누구도 밟은 적 없는
새하얀 눈길인지도 모릅니다.
우리는 그 누군가가 내놓은 길을 걷는다고 생각하지만
우리는 그 누군가의 길이 아니라 오직
자신만의 새로운 길을 걷고 있을 뿐입니다.

하나의 산길을 걸어도 그 길을 걷는 사람의 생각에 따라
그 길의 의미는 달라질 수 있습니다.
물리적 공간으로서의 길은 누구에게나
같은 형태로 다가가지만 사유와 의미로서의 길은
누구에게나 다 다를 수가 있습니다.
그래도 우리는 바르게 길을 걸어가야 합니다.

각자의 길이 다 다르지만
다름을 관통하는 하나가 있다면
그것은 바름입니다.

그 바름이 세상을 조화롭게 하고 우리를 행복하게 합니다.
우리가 이 세상을 살아가면서
눈 위에 찍어야 할 발자국의 의미입니다.

길을 걸어봐야겠습니다.
그리고 눈 위에 찍힌 발자국을 돌아봐야겠습니다.
내 발자국이 얼마나 바르게 찍혀 있는지.
그리고 그 발자국이 조화의 상생의 길 위에
놓여 있는지 살펴봐야겠습니다.

자기 생각만 가지고 살아온
탐욕의 어지러운 발자국은 아닌지
살피고 또 살펴봐야겠습니다.

서산대사의 〈답설가〉는
바른 삶의 길을 일깨우고 있습니다.
눈은 자꾸 내려 눈길은 언제나 새 길이 되고
나는 그 위에 한발을 들고 가만히 서 있습니다.

그대라는

풍경을 만나

행복합니다

길을 걷다가 우연히 멋진 풍경을 만났습니다.
그 풍경 속에 머물며 잠시 마음을 쉬었습니다.
초승달이 마치 별 하나를 무등 태우며
고요한 연못 위를 거니는 것 같은 모습의
풍경이 아름다웠습니다.

달은 연못 위를 노닐고 연못은 달빛 속을 노닐며
연못과 달은 서로 하나가 되었습니다.
못과 달은 떨어져 있어도
풍경 속에서는 하나였습니다.

부처와 중생이 떨어져 있어도
법이라는 풍경 속에서는 하나가 됩니다.
중생은 부처의 빛 속을 노닐고
부처는 중생의 아픔을 치유하며
자비 속에서 하나가 됩니다.
마치 못과 달이 풍경 속에서 하나가 되듯이.

우리는 떨어져 있어도 같이 있고
혼자여도 함께하는 사람들입니다.
부처님의 자비와 지혜 안에서
거리와 고립은 의미가 없습니다.
같이 있음은 형상에 있지 않고
마음에 있을 뿐입니다.

법과 멀면 나와 함께 있어도
나와 아득히 먼 사람이라는 부처님의 말씀처럼.
길을 걷다가 풍경의 아름다움에 빠지듯
긴 윤회의 생 가운데 이번 생은 운 좋게도
나는 부처님과 사랑에 빠졌습니다.
때로 내가 고뇌할 때도 부처님은 내 발 아래서
길이 되어 걸어오라고 말씀하십니다.
이 길을 걸으면 괴로움은 사라지고
열반의 즐거움을 만나게 될 것이라는
그 말씀에 눈물을 보이고는 했습니다.

의지할 곳이 있다면 그것이 피안이고 열반입니다.
믿음으로 고뇌가 사라지는 그 사랑의 풍경이 아름다워
번뇌가 없는 열반을 알게 되었습니다.
부처님을 늘 마음 안에서 만나는 일이
내게는 열반입니다.

걱정하지 않으면
걱정이 사라집니다

눈이 많이 내리는 날입니다.
내리는 눈에 꽃들은 얼마나 추울까요.
하지만 그 풍경은 역설적이게도 매혹적으로
우리의 눈길을 사로잡기도 합니다.
겨울과 봄이 나란히 서서
손짓하는 시간들은 참으로 아름답습니다.

눈이 많이 온다고 걱정하지 마세요.
꽃이 시들 거라고 마음 태우지도 마세요.
걱정과 근심이 무슨 의미가 있나요.
그것은 마치 해가 빨리 뜨라고 끌어당기는 것과 같고
지는 해 빨리 지라고 발로 차는 것과 같습니다.
하지만 우리의 손짓과 발길질은
의미 없는 몸짓에 지나지 않습니다.
우리의 걱정이 그와 같을 뿐입니다.

걱정할 시간이 있다면 기도하고
그 시간 마음을 관찰하는 것이
훨씬 지혜로운 일입니다.
누군가 나에게 묻습니다.
"요즘 걱정이 많으시겠어요?"
그때마다 나는 대답합니다.
"나는 걱정하지 않아요.
염불하고 마음을 찬찬히 들여다보니까요."

걱정을 하면 할수록 걱정이

더 많아지는 것이 걱정의 속성입니다.

걱정을 없애는 방법은 걱정을 하지 않는 것입니다.

달라지지 않을 거면 생각하지 않는 것이

현명한 삶의 태도입니다.

걱정하지 마세요. 그러면 걱정은 사라집니다.

삶이 편안해지는 순간은 놓아버림에 있습니다.

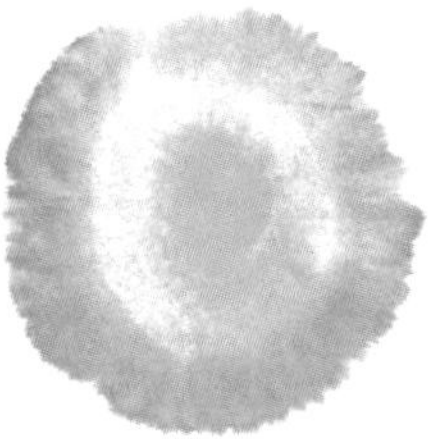

풍경 소리를 만나
가르침을 얻을 때가 있습니다

때로 문득 본 풍경 소리 하나가
큰 가르침으로 다가올 때가 있습니다.
내 생애 만났던 스승, 도반, 경전, 책,
그 모든 가르침을 잠재우고 다가오는
그 풍경 소리 앞에서 나는
가장 겸손한 기도인이 됩니다.

부처님이시여!

이 순간 풍경 앞에서 눈물을 보임을 용서하소서.

이 순간 가장 황홀한 가슴으로 열리는 저를 용서하소서.

다시는 만나지 못할 이 가슴의 가르침에

주저앉아 있는 저를 나무라소서.

생명의 저 근원에서

생명보다 더 큰 힘으로 다가와 나를 데려가는

이 순간 나는 나를 순하게 내어줍니다.

나는 가장 아름다운 풍경 소리 앞에서

가장 맑은 사람이 되고

가장 무욕한 사람이 됩니다.

풍경이 내 안에 탐욕과 공포를 지우고

나는 풍경이 되어 풍경을 조용히 따라갑니다.

나는 풍경을 보았으나 풍경은 나를 삼켰습니다.

한번 봄으로 사라지는 이 존재의 즐거움은

고요가 아니면 만날 수 없는 자리이기도 합니다.

풍경 소리 앞에서 나는 고요가 됩니다.

나는 풍경의 어느 자리에 있을까.

순간의 적멸에 나는 나를 잊습니다.

가슴이 풍경을 따라 깊고도 깊게 열립니다.

풍경이 우는 그 길에

나는 아주 작은 한 줌의 바람으로 다가갑니다.

사랑은
　　아픔까지도 추억으로
만드는 힘이 있습니다

천안역까지 가는 기차를 탔습니다.
창밖을 보는데 헤어지기 싫은 젊은 남녀가
껴안고 떨어질 줄 모릅니다. 아름답습니다.
생명의 축복입니다. 상긋합니다.

조금 더 오래 같이 있고 싶은 마음들이
불빛보다 환하게 다가옵니다.
저 마음에 어찌 다른 것이 끼어들 수 있을까요.
오직 온전한 한마음이 되는 것이
저 사랑의 순간 아니던가요.

사랑은 세상에 감추어진
가장 아름다운 보물인지도 모릅니다.
그것도 혼자서는 찾을 수 없고
반드시 둘이 찾아야 하는 보물 말입니다.
그 보물을 평생토록 두 가슴으로 안고
살아가는 사람들은 행복한 사람들입니다.

그것은 빛나는 축복이고
소리 없는 가슴의 음악이기 때문입니다.
돌아서 가면서도 뒤돌아보고
기차가 떠날 때까지 손을 흔드는 풍경들을
사랑이 아니면 어떻게 그려낼 수 있을까요.

사랑은 때로 아픔으로 끝나기도 하지만
사랑은 아픔까지도 추억으로 남겨두는 놀라운 힘이 있습니다.

기차가 떠납니다.
못내 아쉬워하는 연인의 눈빛과 가슴은
차창을 쫓아가며 혹은 걸음을 따라가며
은은한 사랑의 말들을 전해줍니다.
그리고 연인들은 말합니다.
사랑하므로 진정 행복하다고.

그 기쁨과 환희가 나의 창가에도 밀려듭니다.
사랑 밖에서 사랑을 지켜보는 내게도
사랑은 축복을 전해줍니다.
사랑하라. 지금 후회 없이 사랑하라.
지금 이 순간을 지나면
사랑하는 사람을 다시 만나기 어려우니
지금 후회 없이 사랑하라.

세상에 감춰진 보물을 찾은 두 가슴에
이 밤은 축복이리니
잠시 헤어지는 아쉬움이 아니라
다시 곧 만나리라는 기쁨으로
지금 헤어짐을 전송하라.
기차가 떠나도 사랑은 곧 돌아오리니
기쁘게 떠나보내라.

늦은 밤에 천안역에 내렸는데
피곤하지 않았습니다.
젊은 사람들의 사랑을 목격한 힘입니다.
사랑은 이렇게 사랑 밖에 서 있는 내게도
힘을 건넵니다.

이 세상 모든 사랑에 경배합니다.

달이
당신에게 주는 메시지는
풍요입니다

달 받으세요.

달빛으로 옷을 삼고 둥근 달로 마음 삼으세요.

세상 어둠 달빛에 거두고

세상 각진 아픔들도 그 달로 품으세요.

초승달일 때 그 나머지 달은 숨고 보름달일 때

그 안에 초승달이 있다 했으니

달은 언제나 만월로 있는 셈이죠.

잃은 것도 없고 얻을 것도 없으니

달의 형태가 무엇이든 원만구족한 것이지요.

때로 초승달 같은 삶의 상실에 아파 울 때라도
달의 나머지 부분이 숨어 있다는 것을 기억하세요.
그럼 달빛처럼 환하게 웃게 되지 않을까요.

달 받으세요.
매일 밤 달이 당신에게 드리는 덕담을 들으세요.
달 속에 지혜와 원만함과 그 평등한 사랑을 배우세요.

달이 떴으니 달 받으세요.
그리고 달처럼 웃으세요.
온몸과 마음에 주는 풍요를 받으세요.

3

우리가 행복한 이유

우리가 행복해야 한다고 다짐하는 것은
우리 안에 행복이 있기 때문입니다.
우리가 괴로움을 벗어나야겠다고 마음먹는 것은
괴로움이 우리 안에 없는 것이기 때문입니다.

인생은 한때의 꿈입니다

어둠이 꽃대를 흔들지 않을 만큼 내립니다.
아무것도 바라지 않아도 그저 만족한 저녁입니다.
탐욕은 언제나 바람처럼 우리를 휘젓습니다.
그러나 탐욕이 그친 이 저녁은 노랗게 피어
무리를 이룬 금계국 하나로도 만족합니다.
바람이 없으니 흔들리지 않고
내가 나 자신을 흔들지 않을 만큼의 무게로
나는 서 있습니다.

인생은 한때의 꿈입니다.
꿈에서 깨면 꿈은 부질없을 뿐입니다.
이런 저물녘이면 나는 꿈에서 깨어납니다.
내가 살아온 한낮이
모두 꿈이었다는 것을 알게 됩니다.
꿈에서 깨어난 나는 꽃의 향기처럼 향기롭고 가볍습니다.

내 삶의 모든 무게는 꿈속의 무게였습니다.
꿈을 깨면 그 무게는 덧없이 사라져버리고야 맙니다.
해가 지는 저녁이면 나는
한없이 가벼워지는 나를 만납니다.
비로소 꿈에서 깨어나는 것입니다.
그 순간 세상은 더없이 아름답게 다가옵니다.
부처는 부처만 본다는 말의 의미를
해가 지는 시간이면 느끼게 됩니다.

이 시간은 중생의 시간이 끝나고
부처로 돌아오는 시간이기도 합니다.

마치 아이들이 뛰어놀다가 저녁 시간이 되면
집으로 돌아가듯이 나는 부처의 자리로 돌아옵니다.

뚝방에 금계국이 물 위에 그림자를 던집니다.
그러나 그림자가 남지 않습니다.
형상이 있으나 형상 없음을 알아버린 그 모습이 고준합니다.
꿈에서 깬 나도 금계국처럼
뚝방에 앉아 물을 향해 그림자를 던집니다.

내어줄 것,
원망하지 말 것,
받아들일 것 그리고 잊을 것

성거산 정상을 향해 걸었습니다.

마치 산책로 같은 그 길을 유유히 걸어 정상에 섰습니다.

소요 시간 1시간 50분.

정상 입구의 600m를 제외하고

산길은 순하디순하기만 했습니다.

길을 걸으며 나는 유쾌했습니다.
이렇게 유순한 산이라면 팔십이 되어도
걸을 수 있겠다는 생각이 들었기 때문입니다.
팔십에 무엇의 정상에 선다는 것은 쉬운 일이 아닙니다.
나는 다행히 정상을 내어주는 유순한 산 아래 살아
팔십이 되어도 산 정상에 서는 행운을 누릴 것 같습니다.
나이가 들수록 유순한 것이 좋습니다.

산도 악산보다는 유순한 흙산이 좋고
사람도 지나치게 똑똑한 사람보다는
좀 멍청해 뵈는 사람이 좋고
지나치게 이기적인 것보다는
조금 손해를 감수하는 사람들 곁이 좋습니다.

젊어서는 잘난 맛에 산다지만
늙어서는 어울리는 맛에 살게 됩니다.
젊음은 앞만 보며 달려가는 삶이지만
늙음은 횡으로 걸음질하는 노을을 닮아야 합니다.

느리고 따뜻하게 모든 것을 감싸고 머물다
저 산마루를 넘는 노을처럼 살다가 가야 합니다.

노을이 지고 나면 긴 여운이 남습니다.
노을 진 자리에 어둠이 내려야
비로소 발길을 돌리게 됩니다.
노을의 아름다움이 한동안 마음에 남아 있기 때문입니다.
나는 하루하루 인생의 노을을 그리는
그런 삶을 살고자 합니다.

유순할 것, 내어줄 것, 원망하지 말 것,
받아들일 것 그리고 잊을 것.
내 삶의 하루를 노을로 만드는 것들입니다.
이렇게 살면 나는 하루 한 번 노을이 되어
내 마음과 그대 마음을 따뜻하게 물들이게 될 겁니다.

성거산을 걸으며 그 길의 유순함을 따라
내 인생의 유순함을 생각합니다.
그 오랜 세월 속에서도 이렇게 유순하게 자리한
산의 마음이 따뜻하게 다가옵니다.
그래서 저녁이면 노을은 성거산의 눈앞에서
꽃을 바치듯 아름답게 피었다 지나 봅니다.

오솔길로 이어진 그 길을 걸어 정상에 오릅니다.
바람은 시원하고 하늘은 푸릅니다.
발아래 순하게 엎드려 있는 산길이
더 낮아지라고 속삭이는 소리를 듣습니다.

노을에게
길을 물어보는
저녁입니다

노을 길 걸어가면 좋겠습니다.
그럼 발이 참 따뜻할 것 같습니다.
발밑에서 올라오는 온기에
가슴의 시림이 다 녹을 것만 같습니다.

눈이 내리고 바람이 불어 체온을 자꾸 끌어 내리면
술을 못하는 아버지도 막걸리 한 잔을 하셨습니다.
따끈하게 덥힌 막걸리 한 잔을 드시고
체온을 끌어 올리시던 아버지의 표정이
저 노을을 닮았던 것 같습니다.

노을을 볼 때마다 노을이 누군가의 표정을 닮았는데
기억해내지 못하곤 했습니다.

오늘 한 생애의 그림자 하나를 떠나보내고
돌아와 걷는 저녁노을 길에서
나는 비로소 알게 됐습니다.
노을이 눈보라 치던 추운 날,
따끈한 막걸리를 드시던 아버지의 표정을 닮았다는 것을.
노을만 보면 친근하고 따뜻한 느낌이 드는 것이
우연이 아니었습니다.

가슴이 시린 날이면 저 노을 속
발목을 묻으며 걷고 싶었던 것도
다 이유가 있었던 것입니다.
저녁이면 노을 지는 이곳에
내가 와 있는 것도 다 필연인지 모릅니다.

노년은 더 가슴 시린 날이 많을 겁니다.
주변에 친구들이 하나둘 떠나가고
용기와 기운도 떠나게 되면
가슴에는 시림만이 남게 될지도 모릅니다.
그런 날 저녁이면 저 따뜻한 노을에 발목을 묻으며
걷고 싶어질 겁니다.
그러면 나도 따끈한 막걸리 한 잔을 마시며
따뜻해진 체온에 행복한 표정을 짓던
아버지의 표정을 짓게 되겠지요.

어느 목사님은
노을을 많이 보다가 가고 싶다고 했습니다.
노을을 보면 가슴이 따뜻해지기 때문입니다.
그 따뜻함으로 우리는 죽음의 차가움까지도
능히 가슴에 안을 수 있습니다.

따뜻하다는 것은 모든 것들과의 동행을 의미합니다.
인생의 황혼에 노을을 바라보아야 하는 이유입니다.

노을을 바라보며 나는
모든 것들을 향해 손을 내밉니다.
원한과 증오의 시간들이 먼저 달려옵니다.
사랑과 이별의 시간들도 달려옵니다.
그리고 죽음의 시간도 내 곁으로 서서히 다가옵니다.
나는 그 모든 것들과 손을 잡고
노을에 발목을 묻으며 걷습니다.

노을은 여전히 따뜻하고
슬프거나 두려움 없이 그 모든 것의 손을 잡습니다.
노을 속을 걸어갑니다.

단풍의 이야기를 들었습니다

산길을 걷다가 문득 따뜻해짐을 느낍니다.
단풍이 아직 붉게 물들고 있었습니다.
비로소 산이 따뜻한 이유를 알았습니다.
단풍의 저 붉은 빛이 산의 온도를 덥히고 있었던 것입니다.

산길을 걷는 것은 행복한 일입니다.
인적 없는 산길에서 오래도록 물들어가는
단풍과 만나는 일은 더욱 그렇습니다.
스스로 떨어져 가야 하는 그 시간에
단풍이 가슴에 품고 있는 말들은 무엇일까요.

길을 멈추어 서서 단풍에게 묻습니다.
세상의 모든 것들은 떠날 때
아름다워야 한다고 단풍은 말합니다.
생의 진정한 참모습은 마지막에 남겨지는 것이라는
단풍의 이야기를 듣습니다.

단풍은 나무의 절정이자 끝입니다.
절정이 끝이 되는 삶이 얼마나 아름다운 것인지
단풍은 고요하게 보여주고 있었습니다.
절정이 끝이 된다는 것은 모든 형상이
형상이 아님을 보았다는 의미이기도 합니다.
모든 형상에서 형상 아닌 것을 보는 것이 지혜입니다.

자연은 그러한 의미에서 지혜의 보고입니다.
산에 들어 나는 얼마나 지혜로워졌는가.
단풍에게 묻고 단풍에게 들었다고 이야기하는 것만으로도
나는 충분히 지혜로워졌다는 생각이 듭니다.

산문에 쓰여진 지혜를 버리라는 그 말씀이
바로 지혜를 만나는 길이라는 것을
나는 산에서 배웁니다.
지혜는 머리가 아니라 가슴에서 자라는 것이라는 것도
이 산에 들어서야 알게 되었습니다.

머리는 많은 것을 잊어도
가슴에는 새로운 의미와 언어들이 하나씩 쌓여갑니다.
죽음이 생의 절정이 되는 삶도 있다는 것을
단풍에게 배우고 있는 나는 언젠가 단풍처럼
그렇게 떠날 수도 있겠다는 생각을 해봅니다.

가을이 오면 삶보다 더 멋진 죽음이 이 산에는 지천입니다.

나무에 기대어
한 생을 사는 것도
큰 복입니다

날이 너무 좋아요.

가게에서 막걸리를 몇 통 사왔어요.

소나무에게 좀 주어야겠다는 생각이 들어서요.

오후에 도랑을 걷다 보니 소나무 가지가

말라 죽어가는 것이 보이더군요.

아무래도 영양 부족이라는 생각이 들었어요.

전에도 매화나무가 그렇게 말라갈 때
막걸리를 부어준 적이 있거든요.
그때 매화나무가 답례라도 하듯이
꽃을 내주던 기억을 더듬으며 막걸리 몇 통을 사 왔지요.

소나무 뒤쪽으로 그리 깊지 않게 고랑을 내며
막걸리를 한 통 한 통 부었지요.
얼마나 잘 스며들던지 순간 기쁜 생각마저 들더군요.
소나무 뿌리가 얼마나 목말랐으면
이렇게 잘 빨아들이는 걸까.
소나무의 해갈과 트림 소리가 들리는 것만 같았어요.

막걸리를 부으며 나는 소나무에게 말했지요.
아프지 말고 푸르게 잘 자라고,
태풍이 와도 쓰러지지 말고
내가 세상 떠날 때까지 이렇게 서로 마주 보고 살자고.
지난번 태풍 왔을 때 베어야 하지 않을까, 했던 그 생각도
사과를 하고 소나무의 등을 어루만져 주었지요.

요사채 앞을 지키고 있어
절을 드나들 때마다 마주 보게 되니
나무가 나무가 아니었어요.
소나무를 보러 내 눈이 나간 적이 없고
소나무가 내 눈으로 걸어온 적도 없지만
우린 늘 함께 있었다는 생각이 듭니다.

내 눈이 나갔느냐, 소나무가 걸어왔느냐는
의미 없는 질문이 되어버리고 말았습니다.
막걸리를 다 붓고 흙을 덮으며
나는 소나무 등에 기대어 하늘을 보았습니다.
푸른 잎 사이로 푸른 하늘이 더욱 푸르게 다가왔습니다.
이렇게 나무에 기대어 한 생애를 사는 것도
큰 복이라는 생각이 다시금 듭니다.

나의 소중한 친구 소나무.
수령이 내 나이와 비슷해 뵈는 소나무도
나와 같은 생각을 했으면 좋겠습니다.

같은 생각을 한다는 것은
서로의 외로움을 나누는 일이겠지요.
푸른 소나무와 함께 살아서 그럴까요.
나이보다 젊어 보인다니
다 소나무 덕이라 생각하며 살고 있습니다.

죽음도 생명 안의 소식입니다

부고를 접했습니다.

이제 갓 사십 대 중반의 씩씩했던 중년.

그는 어린아이들과 젊은 부인을 두고

먼저 떠나버렸습니다.

얼마 전 문병을 갔을 때

그의 모습을 보자마자 울컥 눈물이 났습니다.

건강하고 환했던 그의 모습은 자취가 없고

깡마르고 새까만 모습만이 찾아와 있었기 때문입니다.

그도 울고 나도 울었습니다.

그것은 사라져갈 수밖에 없는 존재에 대한
아직 살아 있는 존재의
마지막 항거 같은 것이기도 했습니다.

삶은 언제나 죽음을 전제로 합니다.
죽음이 없다면 삶 또한 없습니다.
삶과 죽음은 서로가 서로의 근거가 됩니다.
그러니 삶이 슬프지 않다면
죽음 또한 슬프지 않아야 합니다.
생사가 둘이 아닌 이것이 참 생명의 모습이기 때문입니다.

죽음이 슬픈 것은 어쩌면 생명의 반쪽을
망각하고 살아왔다는 의미이기도 합니다.

삶에 집착하면
죽음은 두렵고 슬픈 것이 되고야 맙니다.
삶과 죽음이 모두
하나의 생명 안의 소식임을 알게 될 때
우리는 비로소 생명의 참다운 모습을 보게 됩니다.

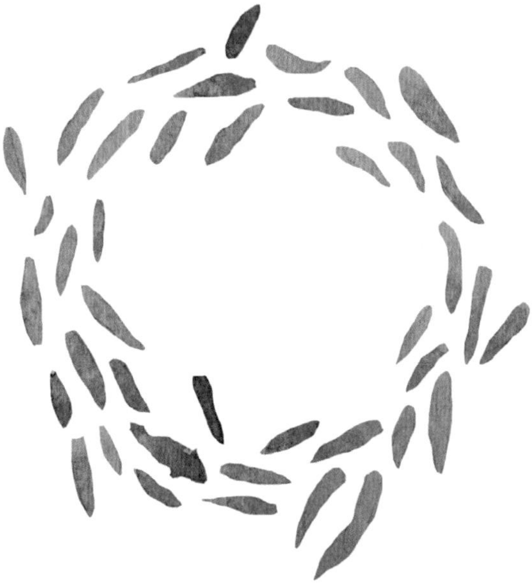

그러나 죽음에 대한 모든 가르침에도 불구하고
죽음은 특별한 것이고
슬픈 것으로 남는 것을 부인할 수가 없습니다.
꽃 같은 젊은 날은 지나가고
죽음은 기약도 없이 찾아오니
삶은 한 조각 구름에 지나지 않을 뿐입니다.
그래서 일찍이 선지식들은 삶의 허울을 벗고
자유를 노래했고 그 노래 속에서 죽음을 맞이했습니다.

그 노래는 생사가 하나라는
깨침의 선율을 남기고 있습니다.
선사들의 게송처럼 죽음의 자리에서
누구나 눈물이 아닌 깨침의 노래를 부르며
죽음을 전송할 수 있다면 얼마나 좋을까,
눈물을 그치지 않는 젊은 부인을 바라보며
나는 그런 생각을 했습니다.

"생은 어디에서 오고 죽음은 어디를 향해 가는가.
가을 하늘에 구름 한 점 사라지니
지상에는 가을바람 한줄기 불어갑니다.
바람을 쫓는 자 없으나 바람은 저 혼자 산마루를 넘습니다.
꽃 져버린 산마루에 바람 소리 긴 그림자를 남깁니다."
넋두리같이 가슴에서
차오르는 글 하나 바치고 돌아오는 길에도
죽음은 여전히 슬픈 것으로 남아 있는 것을 보았습니다.

우리는
죽어서
어디로 갈까요

백중을 마친 오후, 성거산에 무지개가 떴습니다.
우리가 천도薦度(죽은 이의 영혼을 좋은 세계로 보내는 불교 의식)를
발원했던 영가들이 즐겁게 극락에 오르는 걸까요.
왠지 그런 생각이 들었습니다.

일곱 번의 천도재를 모시면서
지장보살을 부를 때마다 내 안에는
놀라운 기쁨의 힘들이 꽃처럼 피어오르는 것만 같았습니다.

기도는 기쁨이었고 재齋는
또 다른 세계와 만나는 경이로 내게 다가왔습니다.

나는 죽어 어디로 가게 될까.
인연을 따라왔다 인연을 따라가는 인생에
이런 물음은 부질없는 것인지도 모릅니다.
내 삶의 행위와 마음 씀을 보면
가야 할 곳을 구태여 물을 일이 없습니다.

인과因果(원인과 결과)가 분명하기 때문입니다.
재를 모시며 나는 극락을 발원했습니다.
그곳이 나의 본향이라는 생각이 절실하게 다가왔습니다.
천도재를 모실 때마다 극락은 선명한 그리움으로 다가오고
아미타불은 선명한 생명으로 다가옵니다.

천도재를 모실 때마다 나는 점점
마음의 본향에 가까워지는 것 같습니다.
나는 이제 비로소 고향을 보고
고향에 대한 그리움을 품게 되었습니다.

아미타불을 부르고 극락을 그리워하는 자가
극락에 간다고 경전은 말하고 있습니다.
그리고 그것은 쉽고도 쉬운 것이라고 말합니다.
그 쉬운 길은 번뇌가 사라진
청정한 마음으로만 갈 수 있습니다.

천도재를 지내고 하늘에 뜬 무지개를 보며
우리가 기도하며 발원한 분들이 저 무지개다리를 밟으며
모두 극락에 이르고 있다는 생각이 들었습니다.

우리 모두는 나그네입니다.
인생이라는 길을 걷고 있는 나그네입니다.
걷고 걸어서 마침내
이르러야 할 곳이 있는 사람들입니다.

하지만 우리는 고향을 그리워하지 않습니다.
우리가 이르러야 할
우리들 마음의 본향을 모르기 때문입니다.

목적지가 없이 걷는 일은 고될 뿐입니다.
그 헛된 발걸음에 마음으로
말로 행위로 짓는 업이 쌓여갑니다.
고향을 모르므로 마음의 본향과 멀어져 가는 것이
우리들 인생길이기도 합니다.

가야 할 곳을 알고 걷는 사람들은 몸과 말과
마음으로 지은 업을 지우며 살아갑니다.

사랑하고 나누고 기도하므로
그 걸음이 한발 한발 극락세계와 가까워집니다.
그곳에 이르는 날 이 고된 윤회의 행각도 끝이 납니다.

그들은 지금 이곳에서 극락을 만들어가는 사람들입니다.
마음의 본향을 알고 걷는 사람들의 발길에는
걸음마다 연꽃이 피어납니다.
당신의 마음의 본향은 극락세계입니다.

본래의 성품으로
돌아가는 것입니다

의상대에 올랐습니다. 바다가 발아래입니다.
한 발자국만 내려가면 바다와 만납니다.
그러나 우리의 일상은 한발을 더 내딛는 것을
좀처럼 허락하지 않습니다.
우리는 그 한 발자국을 내려가지 못합니다.
그래서 일망무제一望無際의 넓음을 잃고 삽니다.

의상대에 아침 하늘이 내려와 바다와 노닐고 있습니다.
바다는 연신 이야기를 하고
하늘은 조용히 듣고 있습니다.
곧 하늘로 올라갈 하늘과의 이별이 아쉬워서일까.
바다는 귓가를 맴도는 이야기를 멈추지 않습니다.

설악당 무산스님 영결식 아침 의상대 바다를 걷습니다.
우리는 모두 어디로 돌아가는 것일까요.
무이와 본적의 참 성품으로 돌아가는 것이 아닐까요.
때로 괴롭고 아프고 때로 아름다웠던 소풍길 마치고
돌아가는 그 길에 눈물은 얼마나 덧없는 것일까요.
본 집에 돌아가는 것을 알지 못하면 울고
그 소식을 안다면 그냥 담연할 뿐입니다.

세상 형상놀음은 그냥 부서지는 포말과 같을 뿐입니다.
우리는 꿈과 같고 그림자 같고 물거품 같은
형상놀음을 하며 살아가고 있을 뿐입니다.
그래서 꿈에서 깬 자들은 우리 인생이
모두 꿈속이라 말할 뿐입니다.

꿈속에서 떠나는 자는 꿈속에서 울다 떠나고
꿈을 깬 자들은 꿈을 헛되다 말하며
자유의 일성을 남기고 떠납니다.

무산이 떠나는 낙산의 바다에 안개가 짙습니다.
영결식 아침에 무산은 이곳으로 발길을 하셨습니다.
마지막 발길을 이곳으로 하신 이유를 알 것 같습니다.
안개 짙은 바다에 의상이 본 모습을 노래합니다.

"법성은 원융해 두 모습이 없고
생사와 열반이 항상 함께하네."
의상의 노래가 무산의 한 생애를 안고 떠납니다.

삶도 죽음도 기다리지 마세요

아침에 라디오에서 나오는 법문을 들었습니다.
마치 머리가 불에 타는 듯한 간절함으로
화두를 참구하라는 말씀이었습니다.
폭염에 몸은 녹초가 되는데
머리에 불이 붙는다면 그 뜨거움은 상상조차 불가능합니다.
간절함을 의미하는 그 표현에 인정의 여지는 없습니다.
그러니 옛 스님들이 공부할 때 그 마음이
얼마나 간절했는지를 엿보고도 남음이 있는 말입니다.

간절하다는 것은 얼마나 아름다운 것인가요.
이미 고인이 된 작가 전혜린은
유리창에 부딪치는 빗방울에도
열심히 살고 싶었다고 합니다.
그에게 열심히 살아야 한다는 것은
모든 시간을 향한 살아 있는 자의 당위였습니다.

"나는 죽음을 기다리지도 않고 삶을 기다리지도 않는다."
사리불은 이렇게 말했습니다.
지금 현재가 영원이 되는 삶의 모습입니다.
현인은 하루하루를 온 마음으로 최선을 다해 삽니다.
하루하루를 충실히 살아가므로
그에게는 삶을 기다릴 이유도
죽음을 기다릴 이유도 없는 것입니다.

간절한 자에게 하루는 영원이 되고

삶과 죽음의 경계는 덧없는 것이 됩니다.

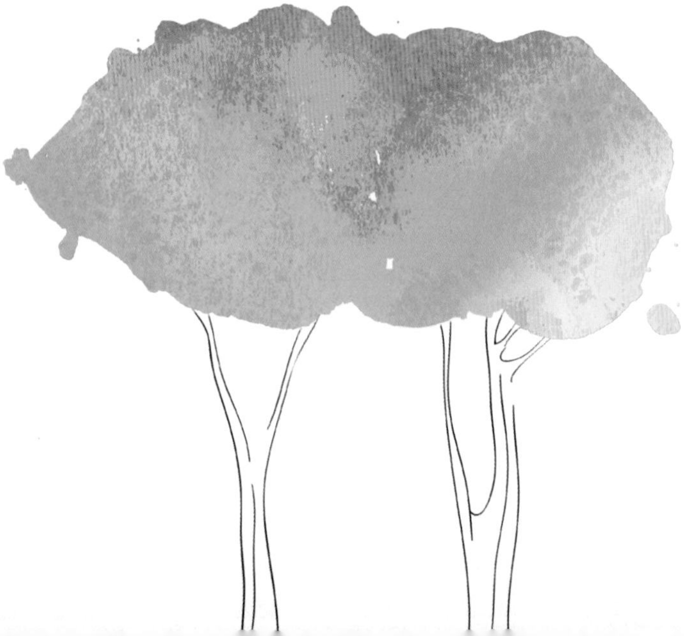

중천에 떠서 뜨겁게 작열하던
태양의 걸음이 그렇지 않던가요.
노을은 작열하던 태양이 사라져가며
남기는 아름다움입니다.
그 앞에서 나는 간절한 삶의 기도를 올리고는 합니다.

삶도 죽음도 기다리지 않는다는
그 간절한 삶의 표현은 얼마나 아름답고 평온한가요.
간절하지 않으면 최선의 하루는 없고
삶의 아름다움과 평온 또한 만날 길이 없습니다.
내 삶의 길에 여름날 땡볕이 내립니다.
그러나 머리에 불이 난 것 같은 뜨거움은 없습니다.
그래서 더워도 덥다고 차마 말할 수가 없습니다.
간절하지 않은 생의 시간들이
여름을 무겁게 견디어내고 있습니다.

날마다
새로 태어난다고
생각하세요

죽었다고 눈길 준 적 오래인 자리에
장미꽃이 어느 날 아침 마른 줄기 더듬으며
빨간 얼굴 내밀고 작게 웃었습니다.
잎도 없이 줄기에 하늘하늘 흔들리며 짓던 웃음이
점점 붉게 퍼져 나갔습니다.
장미꽃이 그리는 웃음이
이제는 내 가슴에 와닿을 만큼 커졌습니다.

일주일 만에 절에 온 보살님이 놀라서 소리쳤습니다.
스님, 꽃이 피었어요.
나는 자랑스럽게 말했습니다.
그거 내가 심은 꽃이랍니다.
나는 그 꽃을 자랑하고 싶었습니다.
마른 가지에서 놀라운 생명력으로 피어난 장미의
그 놀라운 기적을 모두에게 자랑하고 싶었습니다.

그냥 쉽게 쉽게 핀 꽃이 아니라 어렵게 어렵게 핀 꽃이라
장미는 기쁨이 되고 자랑이 되었습니다.
가치는 언제나 역경 속에서 피어난다고
장미가 말하고 있는 것 같았습니다.

역경은 언제나 극복을 과제로 다가오고
의지는 능히 극복의 동력이 되어
새로운 세계를 펼쳐 보입니다.
우리 삶의 시간들은 모든 장애를 극복하고
얻은 일상이 아닌 놀랍고 새로운 것입니다.
그 어떤 하루도 그냥 주어지는 것은 없습니다.

하루 안에도 수많은 이야기와
생각들이 담겨 있기 때문입니다.
일상이 일상이 아니기에 그것을
우리는 새로운 날이라고 합니다.
그러니 우리에게 다가선 어려움은
새로운 매일을 위한 시작이 됩니다.

타성에 젖은 매일이 아니라
날마다 깨어서 만나는 매일은
새로운 날일 수밖에 없습니다.

당이 대선사 운문은 이것을 일러
날마다 좋은 날이라고 말했습니다.
그러니 보름 이전과 이후를 물을 일이 없었습니다.
날마다 새로운 날이니 보름 이전이 어디 있고
보름 이후가 어디 있겠습니까.
날마다 새로 태어나는 존재들에게
매일은 생일로 다가섭니다.

자고 일어나면 머리를 만져봅니다.
까칠까칠한 머리가 내게
출가자라는 사실을 일깨워줍니다.
머리를 만질 때마다 깨어 있는 의식의
새로운 아침을 실감합니다.
마른 줄기 위에서 흔들리며 피어도
웃고 있는 장미처럼
삭발한 나의 머리는 잊지 않아야 할
약속 하나를 남깁니다.

'생의 어느 자리 어떤 번뇌도
능히 극복해 나아가 부처로 살기'
나는 그 약속을 받들고 날마다
새날을 살자고 스스로에게 다짐합니다.
시련이 있어 날마다 새로운 날입니다.

천년을
잠깐 만에 다녀오는
산책길이 있습니다

천안에 자리한 천흥사는 고려 태조 때 지은 사찰입니다.
절 앞의 천흥사 오층석탑은 보물로 지정되어 있습니다.
그 탑이 있어 천흥사에는 깊은 역사의 향기가 납니다.

천흥사 탑골길에 저녁이 오면
사람들이 빚어내는 반짝이는 풍경을 만납니다.
아버지와 함께 나와 걷던 아이가 뛰기 시작하면
아버지도 뛰기 시작하고 이내 그 뜀박질은
웃음소리로 바뀝니다.

아이의 웃음과 아버지의 웃음이
가을 하늘로 날아가 새털구름이 됩니다.
그 뒤를 이어 휠체어를 타고 재활 치료를 하는 부부가 옵니다.
합장하고 인사를 건네면 그도 인사를 합니다.
걷지도 못하고 손목도 깁스를 한 채
휠체어 바퀴를 돌리는 그의 모습은 안쓰럽습니다.
그래도 만날 때마다 그는
건강한 표정과 목소리로 인사를 합니다.
아픔을 이겨내고만 있는 것이 아니라 그 과정을 통해서
또 다른 마음의 건강도 찾는 듯한 모습이어서
저는 늘 그를 응원합니다.

할아버지 한 분이 라디오를 크게 켜고 걸어갑니다.
다리는 벌어지고 허리는 굽고 귀는 멀어
라디오 볼륨이 천년 세월 속을 깨울 정도입니다.
이 동네에서만 86년을 살았다고 합니다.
이 마을 역사의 산 증인이기도 합니다.

오늘도 어김없이 할머니와 딸이 포행을 나왔습니다.
할머니는 보행기를 의지해 걷고 딸은 그 곁에서
버팀목처럼 할머니를 지지하며 걷고 있습니다.
처음에는 합장을 모르더니 이제는 합장을 곧잘 합니다.
절 법회에도 한번 와보고 싶다는 그 말이
가을 햇살처럼 반짝입니다.

탑골길에는 천년의 시간이 강처럼 흐르고 있습니다.
이 길 위에서는 아픈 자나 늙은 사람이나
아이들이나 건강한 사람들이 모두 공통점이 있습니다.
모두 다 평화롭게 물처럼 흐른다는 것입니다.
멈추지 않고 흘러가므로
이 길 위에서는 슬퍼하는 사람이 없습니다.

이 길 위의 최고의 형님은 할아버지도 아니고 할머니도 아닙니다.
고려시대의 숨결을 머금고 있는 천흥사 오층석탑입니다.
그 오래된 시간의 조형 아래에서 사람들은 칭얼대듯
병과 늙음과 푸른 생명을 내보입니다.
마치 탑이 모든 것을 다 듣고 알아준다는 듯이.

탑은 이곳 사람들에게 따뜻한 신앙이 됩니다.
이 탑골길 위에서 사람들은 긴 시간의 숨결을
탑과 함께 공유합니다.

늙고 병드는 것은 그냥 작은 시간의 물결이라고
스스로 정의할 수 있는 힘을 지니고 있는 것만 같습니다.
그래서 그 길 위에서는 아무도
슬픔이나 절망을 말하지 않습니다.
탑골길 위에 푸른 하늘이 내려옵니다.
푸른 하늘이 사람들 사이로 함께 걷습니다.

천년의 시간은 아주 먼 시간이지만 이 탑골길에서는
천년은 아주 잠깐의 산책 시간이 됩니다.

순식간에 천년을 걷고 햇살을 남기며
돌아가는 하늘을 배웅하고 서 있는 길로
휠체어도 보행기도 천년을 산책하고
햇살 같은 걸음으로 집으로 돌아갑니다.

아픔도 슬픔도 모두 탑골길에 남겨두고 돌아가는
그들의 등 뒤에 절의 목탁 소리가 축복처럼 내립니다.

인도 영화를 보다가 배웠습니다

타인을 이롭게 하는 말은 솜이불과 같고
사람을 상하게 하는 말은
가시처럼 날카롭다고 합니다.
날이 추울수록 우리의 말이
따뜻해져야 하는 이유입니다.

인도 영화를 보았습니다.
인도 빈민가의 두 꼬마 형제가 피자를 먹기 위해
30일 동안 행한 행적에 관한 이야기였습니다.
내가 보기 시작한 장면은 할머니가 해준
과일 피자가 맛이 없다며 뱉어내는 장면부터였습니다.

두 형제는 피자가게 광고지를 손에 접어들고
피자를 먹기 위해 필사의 노력을 합니다.
과일 주스 아저씨가 일러준
석탄 더미를 실어 날라 한 푼 두 푼 모았습니다.
어느 날 꼬마 형제는 이웃의 술 취한 아저씨를
아기들이 타는 장난감 자동차에 태워 모셔다드리고
20루피를 받게 됩니다.

그 순간 두 형제는 아기들이 타고 노는
꼬마 자동차를 이용해 술 취한 사람들을 데려다주고
돈을 벌자는 아이디어를 냅니다.
그러나 그 계획은 술 취한 어른이 너무 무겁고
낡고 작은 장난감 자동차의 부실함 때문에
첫 번째 시도부터 실패로 돌아갑니다.
술 취한 아저씨는 꽈당 길바닥에 쓰러집니다.
수고비를 미리 받아둔 두 형제는 놀란 눈빛으로
서로 바라보다 도망칩니다.

형제는 여러 가지 일을 해서 마침내
피자를 먹고도 남을 수 있는 돈 300루피를 벌게 됩니다.
의기양양하게 피자집으로 들어가려 했지만
경비원이 가로막습니다.
더럽고 남루한 빈민가 아이들이 돈을 보여줘도
경비원의 제지는 완강했습니다.
빈민가 아이들의 돈은 그냥 쓰레기에 지나지 않았던 것입니다.

형제는 자기들이 왜 피자가게에 들어가지 못했는지
그 이유를 수소문하다 답을 얻습니다.
옷이 남루하고 지저분해
빈민가 아이라는 표가 나는 것이 그 이유라는 것을.

그때부터 형제는 다시 옷을 사기 위해 돈을 모읍니다.
마침내 돈을 모은 형제는
옷을 사기 위해 도시의 옷가게로 향합니다.
가게 앞에서 그들은 피자가게의 일을 떠올립니다.
그리고 옷가게에 들어가는 일 역시 불가능하다고 판단합니다.

형제가 기다리는 사이 아버지와 함께
옷을 사가지고 나오는 형제들을 목격합니다.
옷가게 앞 불량식품을 먹고 싶어 하는
아이들을 나무라던 아버지가
뭔가를 찾으러 옷가게에 들어간 사이
형제는 그들에게 접근해 돈과 옷을 바꿉니다.
아이들은 불량식품을 사 먹고 형제는
당당하게 피자가게에 입고 갈 옷을 구하게 된 것입니다.

형제는 새 옷을 입고 당당하게 피자가게로 들어갑니다.
그러나 다시 막아서는 경비원.
이유를 알 수 없는 형제와 경비원 사이에 말이 길어지고
지켜보던 지배인이 시끄럽다며
형제의 빰을 때립니다.
그 장면을 함께 온 빈민가 아이 중 하나가
동영상으로 찍게 됩니다.

그 동영상은 어른들에게
각자의 셈법에 따라 이용되다가 마침내 TV를 타게 됩니다.
그 문제는 빈부격차와 인권이라는 사회적 문제로 부각됩니다.
곤경에 처한 주인은 우호적 전략을 구사합니다.
꼬마 형제를 찾아 피자집의
귀빈으로 모시는 행사를 연 것입니다.
사장님은 입구에 나가 아이들을 맞이하고
아이들에게 손수 피자를 먹여주는 장면을
수많은 카메라 앞에서 연출합니다.

피자를 먹으며 형은 동생을 동생은 형을 보며 말합니다.
"우리 할머니가 만든 피자보다도 맛이 없네."
둘은 슬픈 듯 즐거운 듯 서로를 바라보며 미소를 지었습니다.
피자를 먹기 위한 30일간의 여행 끝에
형제는 비로소 할머니의 과일 피자가
얼마나 맛있는지 깨닫게 된 것입니다.

그사이 할머니는 돌아가시고
형제가 피자를 먹기 위해 모았던 돈은
할머니의 장례비로 쓰였습니다.

돈에 의해 작동되는 세상은 비정합니다.
하지만 정에 의해 형성된 가족은 따뜻합니다.
세상은 자주 우리를 다치게 하나
가족은 우리를 그 시린 세상으로부터
따뜻하게 감싸줍니다.

할머니의 피자가 더 맛있게 떠오른 것은
할머니의 솜이불 같은 마음과
언어가 있었기 때문일 겁니다.
형제는 비로소 잃었던 소중한
가치 하나를 찾은 것입니다.
영화를 보고 나서 그 빈민가 형제의
피자를 앞에 둔 표정이 한참이나 어른거렸습니다.

당신이 최고입니다

최고의 자리에 오른 누군가를 위해 진심으로

기뻐해주는 것만으로도 그대는 최고일 수 있습니다.

그러나 때로 그대가 최고의 자리에 있어도

최고가 아닐 수도 있습니다.

최고라는 이유로 거드름을 떨어

주변의 환호를 받지 못한다면 그대는 최고이지만

최고가 아닌 자리로 떨어지고야 맙니다.

오늘 한 장의 사진을 보았습니다.
축구선수 손흥민이 최고의 골을 기록한
캐인의 신발을 닦는 포퍼먼스가 담긴 사진이었습니다.
그 퍼포먼스 속에서 둘은 환하게 웃고 있었습니다.
그 둘은 최고였습니다.
캐인은 최고의 골잡이였고 손흥민은
그를 진심으로 기뻐하는 최고의 조연이었습니다.

살아가면서 나는 가끔 '최고'라는
정의에 대해서 생각해보곤 합니다.

객관적인 최고의 성취도 최고이나
진실한 마음이 활짝 꽃피어 하나의 구김이 없을 때
역시 최고라는 생각이 듭니다.

어떤 일에도 최선을 다해 열심히 살고
진정으로 기뻐하고 아파하고 함께 노력하며
정진해 나갈 때 당신은 최고가 되는 셈입니다.

세상엔 어쩌면 무수한 최고들이 있는지도 모릅니다.
가족 사랑에 최고인 사람들, 나눔에 최고인 사람들,
노력에 최고인 사람들, 시련을 견딤에 최고인 사람들,
전법에 최고인 사람들.
세상은 이 수많은 최고의 사람들로 이루어져
최고의 세상인지도 모릅니다.

그 최고의 사람들 속에 분명 당신도 있을 것입니다.
보살은 네 가지 무량한 마음을 가집니다.
그 사무량심四無量心 중 하나인 희무량심喜無量心은
함께 기뻐하고 격려해주는 마음이
끝이 없음을 의미합니다.

이쯤 되면 그 기쁨이 진심임을 알기에 충분하지 않을까요.
그래서 보살은 언제나 진심의 구현자具現者가 되는 것입니다.
우리가 최고의 존재인 보살을 경배하는 이유입니다.

최고로 살아야 합니다.
주눅 들지 말고 시기하지 말고
누군가의 아픔엔 마음 다해 함께하고
누군가 고난을 이겨내고 기뻐하면
온 마음을 다해 함께 기뻐해야 합니다.
무량한 마음이 있어 우리는 어디에서나 최고가 될 수 있습니다.

그대 역시 무량하므로 최고의 존재입니다.
바다가 어디 두려워한 적 있습니까.
하늘이 옹색한 적 있습니까.
바다보다도 깊고 하늘보다도 넓은 마음을 가진 사람들이
바로 우리들입니다.

"나는 무량하므로 언제나 최고입니다"라고 말하며
올 한 해를 향해 크게 손을 흔듭시다.
우리가 흔든 손이 차가운 겨울 하늘에
별이 되어 빛나는 순간까지.

기차에서 할머니의 특강을 들었습니다

기차를 탔습니다.

서울 가는 기차 안에서 뒷좌석에 앉은

시골 할머니 두 분이 이야기를 나눕니다.

"오늘 새벽 4시에 일어났당게. 통 잠이 오덜 않아.

왜 이렇게 서울 갈 때면 잠이 안 오나 몰라.

아그들이 그렇게 보고 싶은 것도 아닌데. 댁도 그라야."

사투리 섞인 그 정겨운 말씀들이
아득한 기억 속의 나를 일깨웠습니다.
내 어머니도 서울에 오시는 날이면
언제나 새벽잠을 설치고서야 오셨습니다.
서울에 있는 자식들에게 먹일 음식을
밤새 준비하셨기 때문입니다.

그때만 해도 서울은 정말 아득한 거리였습니다.
면 소재지 버스 정류장에서 6시에 떠나는
첫 버스를 타고 기차가 다니는 마을에 내려
다시 기다렸다가 기차를 타야만 했습니다.
머리에 이고 손에 들고 역사를 나오는 어머니를 향해
달려가던 그 꽃 같은 웃음의 순간들.

이미 해는 저물어가고 어머니가 마련해 오신
음식 보자기를 들고 집으로 돌아가던 시간들.
어둠은 찬찬히 내려 고된 내 어머니의 발걸음을 지웠습니다.

나는 좌석에 머리를 기대고
아득한 시간의 저편에서 오는 것만 같은
시골 할매들의 말소리에 귀를 기울였습니다.
정다웠습니다.

세상의 어떤 강의보다도 그들의 이야기는
아련하게 내 가슴을 움직였습니다.
나는 아득한 시간을 떠나왔으나 그 시간은
나를 떠나지 않았고 그 시간 속의 어머니도 여전히
나와 함께 계신다는 생각이 들었습니다.
산다는 것이 문득 아름다웠습니다.

내게 이 삶의 아름다움을 남겨주신 분은 어머니이십니다.
"나는 그라지. 언제나 잘 되라고만 했지
정작 쉬라는 말은 한 번도 못해봤당게.
사는 게 별것도 아닌데, 먹고 살겠다고
뛰어다니는 것을 보면 가슴이 찡혀.
못 배우고 가난한 우리도 이렇게 히히덕거리며 살고 있는디."

저 시골 할매들도 누군가 마중 나와 있을까.
역사를 쫓아와 얼른 짐을 받아들고 함께 걸어서
집으로 돌아갈 자식들이 있을까.
혹여 역사에 아무도 없이 혼자 서울 자식 집을 찾아간다면
그 걸음이 얼마나 쓸쓸할까.
나는 스스로를 탓하며 그냥 웃었습니다.

기차가 익산을 지나고 있습니다.
서울로 가는 할머니들의 이야기는 그칠 줄을 모릅니다.
질박한 뚝배기 같은 이야기들을 들으며
나는 문득 배가 고팠습니다.
어머니가 해주시던 찰진 밥 한 그릇이 생각났습니다.

바보야,
그냥 사는 거야

바보야 너는 바보야.
지나간 일들에 아파하지 마.
아파해도 달라질 건 없잖아.
그래도 아파하는 너는 바보야.

바보야 너는 바보야.
괜히 있지도 않은 두려움에 밤잠을 설치지는 마.
두려움이 있는 것도 아닌데
없는 두려움에 두려워하는 너는 바보야.

바보야 너는 바보야.
오지도 않은 시간들에 불안해하는 너는 바보야.
미래가 어떻게 오는지 알지도 못하면서
불안에 끌려다니는 너는 바보야.

걱정 마 불안해하지도 마.
그래 봐야 뭐 어쩌겠어. 이 정도 배짱도 없이 산다면
너는 바보야 정말 바보야.

인생이 그런 거지.
슬프다고 인생 아닌가 괴롭다고 인생 아닌가.
좀 슬프면 어때. 좀 괴로우면 어때.
그래서 인생이지 이 정도 지혜도 없으면 인생 헛산 거지.

바보야 너는 바보야.
부질없는 생각에 머리를 쥐어뜯는 너는 바보야.
그런다고 인생이 달라지는 것도 아닌데
차라리 생각을 버려.

그래도 생각이 남아 있다면 너를 버려.

그리고 하나만 봐.

그런 너를 버리라고 말하는 너를.

사랑도 명예도 미움도 불안도

다 변하고 사라지는 것들 그냥 방목하는 거야.

내 거라고 잡으려 하는 것은 변화를 부정하는 거야.

변화하는 모든 것들은 그냥 변화하게 내버려두는 거야.

그걸 잡으려 하는 너는 바보야 정말 바보야.

꽃이 피고 지고 바람이 불고 지고
달이 차고 기울고 세상은 그런 거야.
너 또한 그런 거야. 아파도 아파하지 마.
슬퍼도 슬퍼하지 마.
바보야, 그냥 사는 거야.

4

우리가 사랑한 이유

진리가 내 안에 살아 숨 쉬면
세상 모든 것이 이토록 아름다운 것이 됩니다.

힘들면

그 힘든 속으로

뛰어드세요

111년 만에 찾아왔다는
그 무더웠던 더위들은 다 어디로 간 것일까.
밤잠을 설치던 지난 여름밤의 습기와 더위는
이제 자취를 찾을 길이 없습니다.
마치 다정한 우군처럼 바람은
휘파람을 불며 내게로 오고 있습니다.
어느덧 더위는 사라져 가고 나는 가을을 예감합니다.

큰스님에게 한 스님이 물었습니다.

"춥고 더울 때는 어찌해야 합니까?"

그러자 동산스님이 말했습니다.

"더위와 추위가 없는 곳으로 가라."

스님이 고개를 갸웃하며 다시 물었습니다.

"더위와 추위가 없는 곳이 어디 있습니까."

다시 큰스님이 답했습니다.

"더우면 더위 속으로 뛰어들고 추우면 추위 속으로 뛰어들라."

오늘 아침 바람이 그 답을 일러줍니다.

더위 속에 뛰어드니 이렇게 바람이 있었습니다.

여름 지나면 가을이 오고 겨울 지나면 봄이 옵니다.

우리는 모두 더위와 추위 속에 뛰어들어 사는 사람들입니다.

가을과 봄은 더위와 추위가 없는 곳이기도 합니다.
정진하고 정진해야 깨달음을 얻을 수 있듯이
더위를 견디고 추위를 견뎌야 비로소
더위와 추위가 없는 봄과 가을에 이를 수 있다는 생각이 듭니다.

산다는 건 참 멋진 일입니다.
더위와 추위가 없는 곳을 스스로 찾아가는 일이기 때문입니다.
그래서 우리는 우리 스스로를 주인공이라 부릅니다.
그 담대함 그리고 강물과도 같은 인내.
바람처럼 여운을 남기는 미소를 지닌 그대는
주인공이기에 부족함이 없습니다.

뛰어들었다 넘어지면 다시 일어나는 곳에서
그대는 더위도 추위도 없는 곳과 만나게 됩니다.
그곳이 우리들이 찾아가야 할 곳입니다.

"더우면 더위 속으로 뛰어들고 추우면 추위 속으로 뛰어들라.
그러면 당신은 더위도 추위도 없는 곳에 이르게 되리라."

큰스님의 이 말에 덧붙여 나는 이렇게 말하고 싶습니다.
슬프면 슬픔 속으로 뛰어들고
힘들면 힘든 속으로 뛰어들라.
그러면 슬픔도 힘듦도 없는 곳에 이르리라.

용기가 필요합니다.
그러나 그 용기는 이미 당신 안에 있는 것입니다.
당신은 회피하는 사람이 아니라 당당히 도전하는 사람입니다.

수저가 국 맛을 모르듯,
목동이 남의 소만 세듯

"우리는 존재하는 모든 것을 상像으로 봅니다.
그래서 집착하고 그래서 괴롭습니다.
모든 것이 상像 아님을 볼 수 있다면
집착해야 할 것이 없고 집착할 바가 없다면
괴로움 또한 없습니다.
마음이 괴로울 때 그 마음 또한 상입니다.
상이 아니라면 괴로움의 근거 또한 없습니다.

지혜는 얻고자 하는 마음이 없는 것이고
분별하지 않는 마음입니다. 상을 떠난 것입니다.
지혜는 상의 어리석음을 벗어나 있기 때문입니다.
그 지혜에 근거해서 우리는 진리를 깨달아 도달할 수 있는
이상적 경지인 피안彼岸에 이를 수가 있습니다."

큰스님들의 법문을 듣다 보면
삶이 너무 가벼워 내 삶이 부질없어 보이기도 합니다.
왜 그랬을까, 왜 이렇게 살까, 스스로 묻기도 해보지만
나는 다시 그 자리에 있을 뿐입니다.

수저가 국 맛을 모르듯, 목동이 남의 소만 세듯
나는 그저 그 말씀을 들었을 뿐입니다.
올바른 지혜로, 바른 진리를 깨달아 얻지 않으면
가르침은 한때의 바람에 지나지 않을 뿐입니다.

하나를 들으면 하나를 실천하고
둘을 들으면 둘을 실천할 때
말씀은 길이 되고 내가 됩니다.
체화하지 않는 가르침은 이론이나
체화된 가르침은 생명이 됩니다.

육신의 생명은 유한하나 진리의 생명은 무한합니다.
유한한 시간 속에서 진리는
무한함으로 끝없는 가치를 지닙니다.
불생불멸의 영원을 살고 싶다면
진리와 기꺼이 하나가 되어야 합니다.

나는 웃고 때로 화내고 낙심합니다.
그래도 진리 속에서 그것의 부질없음을 깨닫고
다시 일어섭니다.
용서하지 못하는 것도 분노하고
낙담하는 것도 다 헛된 환영의 찌꺼기일 뿐입니다.

나는 상처받았으나 상처받은 적 없고
나는 울었으나 운 적 없다고
이제 자신을 다독이게 되었습니다.
진리 곁에서 간간이 쉬어가던 내 걸음이
어느덧 내 마음을 이렇게나 고요하게 만들었습니다.

바람 찬 거리에 잔뜩 웅크리고 종종걸음으로 걷는 사람들이
모두 아름다워 나는 머리 숙여 합장을 합니다.

그 누구도 미워할 수 없는 세상에 내가 살고 있어
참 고맙습니다.
진리가 내 안에 살아 숨 쉬면
세상 모든 것이 이토록 아름다운 것이 됩니다.

머무는 곳마다
스스로
주인으로 사세요

벽 모서리 한편에 있는 거미줄을 보았습니다.

그 거미줄에 걸려 죽은 벌 한 마리.

샤워기의 물을 뿌렸습니다.

거미줄도 물길에 사라지고 벌도 떨어졌지만

거미는 달랐습니다.

그 세찬 물줄기에도 거미는

거센 생명력으로 저항했습니다.

거미줄을 잃자 거미는
그 곁의 다른 줄에 매달려 필사의 힘을 다했습니다.
나는 그 놀라운 생명의 저항에 샤워기의 물을 꺼버렸습니다.
거미는 비로소 안도의 한숨을 쉬고
느리게 줄을 타고 오르기 시작했습니다.

산다는 것은 그런 것입니다.
시련 앞에서 시련보다 더 큰 몸부림으로 맞서는 것입니다.
살려고 하는 그 저항 앞에서
폭력을 멈추지 않을 수가 없습니다.
삶을 위한 저항은 언제나 옳은 것이고
폭력은 거짓이라는 것을
나는 거미의 저항에서 봅니다.
폭력에는 가치와 진정성이 없기 때문입니다.

우리는 거짓에 굴복하며 살아왔는지도 모릅니다.
돈이라는 거짓, 권력이라는 거짓, 감정이라는 거짓,
그리고 자기라는 거짓에 무릎 꿇으며
살아가고 있는지도 모릅니다.

그 결과 우리에게 남은 것은 무엇일까요.
우리는 사랑을 잃고 허무와 공포만 남은 삶을
목격하고 있는지도 모릅니다.

요즘 젊은이들이 선호하는 책을 보면
'나로 살기' '자존감' '나를 위해'처럼
모두 주제가 '나'입니다.

그곳에서의 '나'를 보면
타인의 말에 신경 쓰지 않고 사는 나입니다.
우리 사회의 얽매인 관습에서 벗어나는 나입니다.
조직이나 제도권 안에서 필연적으로 존재하는 강압이나
시련 앞에서 자신의 감정과 마음에 진솔해지는 나입니다.

어쩔 수 없이 인정하며 살아왔던
우리 세대와는 다른 현명한 나입니다.
주인으로서의 나.

수처작주 입처개진隨處作主 立處皆眞이라는 말이 있습니다.
"머무르는 곳마다 주인이 되라.
그러면 그대 머무는 모든 곳이 참된 곳이다."
임제선사의 설법을 정리한
《임제록》에 나오는 유명한 문구입니다.

그것이 바로 진정으로 나를 사랑하고
보호하는 법이라고 생각합니다.
인생에 부딪히는 수많은 시련과 절망 앞에서
피하거나 굴복하고 야합하는 것이 아닌,
오히려 그 속에서 내가 주인이 되어 사는 것.
본래의 내 감정과 내 마음에 진솔해지는 것.
그렇게 살아가는 인생은 당당합니다.

내 감정에 내가 주인이 되어 살아온 어른은
아름드리 큰나무처럼 깊고 아름답습니다.

마음의 작용일 뿐입니다

다시 날이 저뭅니다.

벽에 기대어 어제 내린 눈을 떠올립니다.

언제 봐도 눈이 예쁘고 아름다운 것은 그 속에 나의 아름다웠던 시간들이 자리하고 있기 때문입니다.

겨울이라는 계절을 좋아하는 사람은
겨울에 따뜻하고 행복했던 추억이 많은 사람이고
겨울이 싫은 사람은 겨울에
춥고 힘든 기억이 많았기 때문일 것입니다.
눈이 오면 내 즐거웠던 시간들이 눈을 타고 오는 것만 같아
나는 가장 정갈한 마음으로 눈 마중을 갑니다.

나는 아직 긍정적이고 내 정서는
아직 십대의 온기를 촉촉이 머금고 있습니다.
세상을 조금 더 아름답게 볼 수 있고
절망까지도 어쩌면 사랑할 수 있다는 것이
얼마나 다행인지 모르겠습니다.

인생에 언제나 행복해야 한다는 당위를 요구한 적 없고
내 육신이 언제나 건강해야 한다는
압박을 가한 적도 없습니다.

태어났으니 괴로움은 당연한 것이고
육신이 있으니 아픔 또한 당연한 것이라고 생각합니다.

인생에는 괴로움이 있고 육신에는 반드시
아픔이 있다는 것을 알고 사는 사람에게
괴로움과 아픔은 어쩌면 다반사인지도 모릅니다.
그러니 괴로움에 괴로움을 더 얹을 필요가 없고
아픔에 아픔을 더 얹을 이유가 없습니다.

청산첩첩미타굴青山疊疊彌陀窟 창해망망적멸궁滄海茫茫寂滅宮.
청산이 첩첩해 길이 보이지 않아도 그것은 극락세계이고
푸른 바다에 파도 치고 망망해도 그것은
부처님의 궁전이라는 말씀이 이런 밤에는 나를 사로잡습니다.

파도가 물을 떠나지 않듯이 이 세상의 모든 것은
청정한 마음의 빛의 작용일 뿐이라고 합니다.
그래서 도인은 그 어디에도 걸리지 않는다고 합니다.
모든 것이 불성의 작용이니
그 무엇을 싫어하고 그 무엇을 좋아하겠습니까.

오직 불성만 보는 안목에 괴로움과 아픔은
덧없는 말에 지나지 않을 뿐입니다.
어두워지는 밤, 나는 어둠으로 인해 깊어집니다.
고요하고 따뜻해지는 이 시간의 의미를
나는 조용히 찾아갑니다.
내 안이 밝으므로 밖의 어둠은 이미 어둠이 아닙니다.

언제나 안에서 답을 찾는 사람은
언제나 답을 만날 수 있습니다.
답은 언제나 내 안에 있기 때문입니다.

착한 것은

무엇이

착한 것입니까

제자가 스승에게 묻습니다.

"착하다는 것은 무엇입니까."

스승이 대답합니다.

"착하다는 것은 보름달을 향해가는 달과 같고

착하지 않다는 것은 보름을 지난 달과 같은 것이다."

착하다는 것을 점점 빛을 찾아가는 것이고
그렇지 않다는 것은 빛을 잃어간다는 것입니다.
빛을 잃으면 어둠만이 남을 뿐입니다.
어둠 속에 있다는 것은 곧
모든 것의 상실을 의미할 뿐입니다.

착하게 살아 빛을 잃지 않을 때
우리는 삼악도의 고통을 벗어나
해탈과 열반의 길을 즐겁게 걷게 됩니다.
그때 비로소 우리는 여래 십호 가운데 하나인
선서의 의미를 획득한 부처가 됩니다.

치즈 누룽지죽을 먹으며

아침에 뭘 드세요, 라는 질문을 가끔 받습니다.
그때마다 누룽지를 끓여 먹습니다, 라고 대답합니다.
누룽지를 끓여 먹는 아침이 내게는 즐거움이기도 합니다.

누룽지를 끓여 먹게 된 데는 연유가 있습니다.
불교 월간지 《해인》의 편집장 시절
취재를 위해 송광사 암자에 간 적이 있습니다.

송광사 큰 절과 좀 떨어진 산 중턱에 자리한 암자에는
스님 한 분만이 살고 있었습니다.
스님과 어두워지도록 인터뷰를 하고
문을 나서 하늘을 보았습니다.
조계산만큼이나 단아한 고요가
별들을 띄워두고 있었습니다.

깊은 어둠과 고요 속 별들은
눈부신 반짝임으로 다가왔습니다.
별들이 참 예쁘다고 하자 스님은
내일 아침은 별보다 더 맛있는 것을
먹게 될 거라고 하셨습니다.

아침 후원에 들어가자 스님은 벌써
아침 공양을 준비하고 계셨습니다.
스님은 막 끓고 있는 누룽지에
치즈를 서너 개 까서 넣었습니다.
스님이 명명한 치즈 누룽지죽이었습니다.
스님이 죽을 내밀며 말했습니다.

"부처님께서 네란자라 강가에서 수자타에게 공양받은
유미죽을 드시고 깨달음을 얻으셨듯이
스님도 이 치즈죽 먹으면 금생에 깨닫게 될 거야."

그날 이후 나는 기회가 되면
치즈 누룽지죽을 끓여 먹고는 했습니다.
치즈죽이 하얗게 끓어오를 때마다
스님의 말씀을 떠올리며
내 깨달음의 날들을 호명해보고는 합니다.

치즈죽은 뽀글뽀글 하얗게 끓어도
내 깨달음의 날들은 기약이 없습니다.
문득 송광사 암자의 스님이 생각납니다.
스님은 여전히 치즈죽을 드실까. 그리고 깨달았을까.
혹시 아직도 치즈죽을 드신다면
치즈죽 맛 내기 시합이나 한번 해볼까.

바람 찬 후원에 앉아 치즈죽을 한술 뜨며
나는 깨달음이여 어서 오라고
그 뜨거운 죽을 단숨에 삼킵니다.

달이 뜨는 마음

어느 날 쌀을 이는데 도반스님이 물었습니다.

"모래를 일고 쌀을 버리는가? 쌀을 버리고 모래를 이는가?"

모래와 쌀을 다 버린다고 제가 농을 쳤습니다.

그러자 다시 도반이 물었습니다.

"그럼 우리 대중스님들은 무엇을 먹는가?"

그러자 제가 웃으며 쌀 씻던 그릇을 엎는 시늉을 했습니다.

옛적 큰스님들의 선문답을 도반스님과 함께 재현하며
그 뜻을 함께 이야기했습니다.
그 깊은 뜻이야 알 수가 없지만
생각해보면 이런 의미일 수도 있겠다 싶습니다.
쌀을 씻는 일은 분별을 떠난 수행이었으나
가리느냐 묻는 것은 분별의 일인 것만 같습니다.
그래서 분별을 지우듯 와락
쌀 그릇을 쏟아버린 것만 같습니다.
그 머뭇거림 없는 행위가 시원하게 다가옵니다.

도는 직관과 직설의 자리입니다.
머뭇거리면 이미 도가 아닙니다.
생각의 개입을 허용하지 않습니다.
운문스님이 문지방에 다리를 찧고 다리가 부러지는 순간
깨달음을 얻었듯이 도는 순간의 일입니다.

우리는 끊임없이 생각하고 생각합니다.
그래서 생각의 무게가 태산보다도 무겁습니다.
생각에 휘청이며 살아가기에
스트레스에서 벗어날 길 없고 맑게 웃을 날 많지 않습니다.

우리는 언제나 머뭇거립니다.
머뭇거리는 그사이 우리는 수만 번 죽었다 살아나고는 합니다.
죽고 사는 것이 이렇게 수없이 일어나고
사라지니 삶이 편할 날이 없습니다.

조금 잘못해도 괜찮다, 생각하면 결단이 쉬워집니다.
결단하면 마음의 갈등이 사라지고
그러면 조금 편안해집니다.

어떤 것도 완벽할 수 없고
어떤 순간도 완전한 것은 없습니다.
조금 못해도 괜찮아, 조금 틀려도 괜찮아, 하고
완벽한 것에 대한 이상을 버려야 합니다.

분별은 완벽을 요구하나 선은 무심을 요구합니다.
완벽에 대한 생각을 버리고
최선을 다하는 것이 바로 무심입니다.
최선을 다하는데 어찌 머뭇거릴 수가 있겠습니까.

스트레스는 갈등과 주저의 표현입니다.
스트레스를 날리는 것은 완벽에 대한
헛된 생각을 버리는 겁니다.

좀 틀리면 어때, 하는 그 마음에 달이 뜹니다.
하늘에 꽉찬 먹구름이 사라지고 여유가 있어야
달이 뜨듯 우리들 마음에도 스트레스가 사라지고
여유가 있어야 비로소 달이 뜹니다. 환한 보름달이.

교양이란
무엇일까요

교양이란 싫은 사람을 만났을 때도
웃을 수 있는 힘입니다.
싫어도 막상 당사자를 만나면 웃음을 보이며
악수를 할 수 있는 힘이 교양입니다.
교양은 감정을 억제하고 선의를 내보이는 힘입니다.
그것은 화해를 가능케 하는 힘은 없지만
충돌을 막는 억제력은 있습니다.

교양에 대한 이러한 정의들이 때로
위선처럼 보일 수 있지만 시비와 싸움보다는
위선일 수 있는 교양이 더 좋아 보입니다.

사람이 살면서 해서는 안 되는 것이 싸움입니다.
싸움은 서로 마주친 순간에
교양을 상실한 행위라고 할 수도 있습니다.
부처님은 최고의 교양인이었습니다.
부처님은 결코 싸우지 않으셨습니다.
내버려둬라. 자작자수自作自受인데 무얼 신경 쓰느냐,
이 정도가 부처님께서 당신에게 욕설을 하고
험담하는 사람들을 대하는 자세였습니다.

오늘 오후에 처사님 한 분을 만났습니다.
개인적인 감정은 없지만 일의 관계상
대척점에 있는 사람이었습니다.
나는 그를 보고 반갑게 손을 내밀었고
그 역시 반갑게 나를 맞아주었습니다.

헤어지면서 나는
그의 건강까지 챙기는 인사를 나누었습니다.
뒤돌아서면 금방 서로를 공격할 터이지만
우리는 서로 반갑게 서로를 대했습니다.

돌아오는 길에 나는 내게 물었습니다.
이것은 교양인가, 위선인가!
나는 교양이라고 단언했습니다.
교양은 싸움을 멈추고 잠시 서로 웃게 합니다.
그것은 어쩌면 나쁜 감정 사이에 놓인
공간과도 같다는 생각이 듭니다.

예의와 격식을 잃게 되면 우리는
아주 추한 모습으로 전락하게 됩니다.
속은 보이지 않으니 보이는 겉이라도
최소한 잘 관리하고 사는 것이 우리들에게는 필요합니다.

눈을 쓸며
부처님과
이야기했습니다

눈이 드문 남해의 산중 암자에 이른 아침
눈이 소복소복 내리기 시작했습니다.
사과를 깎아 먹다 말고
내리는 눈을 향해 말했습니다.
"참, 예쁘다. 예뻐."

눈은 내 긴 발음의 끝에 수를 놓듯 그렇게 내렸습니다.
어둠이 가시고 해가 뜨자 눈이 그쳤습니다.

산야에 앉아 있던 눈발들이 바람을 타고
빛의 입자처럼 허공을 떠다녔습니다.
이른 아침 다소곳한 모습과는 반대였습니다.
마치 말괄량이 아이를 닮은 모습이었습니다.

빗자루를 들고 법당 주변과
계단부터 눈을 쓸기 시작했습니다.
행여 부처님들 오시다가 미끄러질까 봐
한 계단 한 계단 즐거운 마음으로 쓸어 내려갔습니다.
계단 맨 밑바닥에 서서 부처님께 합장을 했습니다.
오늘 계단을 쓴 나의 모습을
잊지 말아달라고 부처님께 말씀드렸습니다.
부처님이 귀엽다고 웃으시는 것만 같았습니다.

남들은 부처님 우러러 기도만 한다지만
나는 때로 부처님과 이렇게 정답게 대화합니다.
부처님과 대화하다 보면 내가 참
잘못하는 것이 많다는 것을 알게 됩니다.

부처님은 때로 자상하시고 때로
냉정하게 잘못을 꾸짖기도 하십니다.
부처님 곁에 산 세월이 오래여도
나는 아직 이렇게 즐겁게 가르침을 받고 있습니다.

내 삶의 난만함은 내 곁에 부처님이 계시기 때문입니다.
부처님이 내 곁이 아니라 저 먼 곳에 계셨으면
내 삶은 좀 준엄해지고 쓸쓸한 것이 됐을지도 모릅니다.
하지만 다행히 나의 부처님은 햇살처럼 혹은
어둔 골목길 가로등처럼 나의 길을 함께 하고 계십니다.

나는 빛이 없는 날에도 빛을 만나고
어둔 골목길에서 따뜻한 불빛을 만납니다.
이제 나는 추워도 문제가 없고
어두워도 길을 갈 수 있습니다.
주저앉아 울고 어둠에 쫓겨가던 시간들은
모두 지나간 일들이 되었습니다.

눈을 쓸다 허리가 아프면 허리를 펴며
눈을 쓸고 지나온 자리를 돌아봅니다. 깨끗합니다.
그 자리를 바라보며 내가 살아온
내 마음자리를 돌아봅니다.
그곳 역시 눈을 쓴 자리만큼 깨끗합니다.

내 마음의 눈길은 누가 쓸었을까.
그 자리에 빗자루를 들고
허리를 펴고 있는 부처님이 보입니다.
문득 부처님을 큰 소리로 불러봅니다.
부처님이 어서 계속 걸어가라고 손을 내젓습니다.
눈발은 햇살을 타고 분분히 날리고
나는 내리막길 위에 쌓인 눈들을 힘주어 쓸어 나갑니다.

즐거움을 주고
수행자가
되고 싶습니다

"보시와 지계持戒로 터를 닦고
정진과 인욕忍辱으로 성을 쌓아라.
그리고 선정禪定과 지혜로 의지처依支處를 삼고
사무량심四無量心으로 기쁨을 나누라."
《화엄경》의 말씀입니다.

언제나 수행자의 위의와 고요와 자비를
잊지 않고 살아가겠다고 아침마다 예불을 마치면
두 손을 모으고 발원합니다.
우리들 삶의 터전은 무엇이고
우리는 무엇으로 우리 자신을 보호하고
그리고 무엇을 의지해 사는지 물어봅니다.

그러나 하루가 시작되고 경계를 만나기 시작하면
나는 고요하지도 평화롭지도 않습니다.
말은 빨라지고 언성은 높아지고 마음은 조급해집니다.
그러다가 아차, 하고 돌아보면
자신이 생각해도 아니라는 지점에
어느덧 와 있는 것을 발견하게 됩니다.

수행자는 말을 하나 고요해야 하고
행동하나 침착해야 하고
욕됨을 당해서도 연민을 잃지 않아야 하고
어떠한 공포 앞에서도 의연해야 합니다.
이것이 진정 보시와 지계로 터를 삼고
인욕과 정진으로 성을 삼은 사람의 삶의 모습입니다.

흔들리고 분노하고 두려워하는 삶의 모습은
그 삶의 바탕이 탐욕과 어리석음에 근거해 있다는 것을
스스로 입증해 보이는 것일 뿐입니다.
나는 그런 나의 모습을 볼 때마다
내 삶의 터전을 갈아엎고
새로운 터전 위에 내 삶을 세우고 싶다는 발원을 합니다.

사람은 누구나 자기가 그리는 삶의 모습이 있습니다.
내가 그린 인생의 그림은 참 소박합니다.
그것은 소박함으로 아주 맑은 것이었습니다.
푸른 하늘에는 구름이 떠가고
나무가 길게 이어져 있는 길을 걷다가
길가 어느 풀밭에 걸망을 풀고 앉아 하늘을 보고
조용히 미소 짓는 그런 풍경이
내가 그린 삶의 모습이었습니다.

하지만 내가 그린 삶의 그림 속에 지금 나는 없습니다.
아주 많이 벗어나 있다는 것을 보게 됩니다.
소박해지고 무욕해져야 비로소 돌아갈 수 있는 길.
그 길은 버릴수록 가까워지고
소유하면 할수록 멀어지는 길이기도 합니다.

마치 천국과도 같은 길입니다.
언제나 마음이 가난해지려나.
탐욕이 그치기 전까지 내 그림 속 나는
부재로 남을 뿐입니다.

그래도 언젠가 그 그림 속 깊이 들어가
미소 짓게 되는 날이 왔으면 좋겠습니다.

고통과 슬픔을
약으로 만들어내는
사람이 있습니다

산은 올라가야 정상을 보여주고
바다는 내려가야 일망무제一望無際를 보여줍니다.
산의 성품은 고결하고 바다의 성품은 부드럽습니다.
나는 산에서 고결함을 배우고
바다에서 부드러움을 배웁니다.
그러나 더욱 중요한 것은 사람 관계에서의 배움입니다.
이 배움은 무엇보다 강렬하고 중요합니다.

산과 바다의 성품이 이상이고 당위라면
사람은 현실이고 또한 구체성입니다.
이 생생한 현실을 만들어내는 인간관계는
때로는 독이 되고 때로는 약이 됩니다.

멋진 인생은 독을 약으로 승화시키는 것입니다.
독을 먹어보지 않은 사람은 약의 귀함을 모릅니다.
독을 마셔보고 좌절하고 절망해본 사람만이
독이 약이 되는 그 고된 시간들의 가치를 알 수 있습니다.
고된 시간의 가치를 실현한 사람들을
우리는 성인이라고 부릅니다.

세상에는 정말 많은 성인이 있습니다.
이 세상이 유지된다는 사실이 그것을 입증해줍니다.
탐욕과 경쟁에 근거해 돌아가는 세상에
때때로 날아드는 따뜻하고 아름다운 소식은
이 세상에 성인들이 존재하고 있다는
반가운 소식임에 틀림없습니다.

혹독한 시간의 고통을 이겨내고 독을 약으로 만들어내는
성인들이 있기에 이 세상은 살 만한 곳이 됩니다.
시장에서 장사를 하며 큰돈을 장학금으로 내는 할머니,
한국에서 벌이가 좋은 치과의사로 남는 것을
기꺼이 포기하고 미얀마로 봉사를 떠나는 젊은 여의사,
장애를 이겨내고 올림픽에 참가한 선수들,
그리고 기꺼이 남을 위해 목숨을 던지는 사람들.

나는 그들이 성인이라고 생각합니다.
그들 삶의 이야기는 내게도 성인의 열쇠를 쥐어줍니다.
그 촉감이 따뜻합니다.

세상의 모든 것이 부처라는
부처님의 깨달음 후 한마디는 진실입니다.
이미 진리이신 부처님께서
진실 이외의 말씀을 하실 이유가 없습니다.

그대도 부처 나도 또한 부처입니다.
부처와 부처가 사는 세상에
욕망이 있고 혼돈이 있을 뿐입니다.
하지만 그것은 안개와도 같은 것입니다.
해가 뜨면 모두 사라질 하찮은 것에 지나지 않습니다.
그 하찮은 것에 우리는 좌절하고 절망합니다.
그러니 좌절과 절망 또한 하찮은 것일 뿐입니다.

독을 마셔본 사람만이 약의 가치를 압니다.
시련은 가치로 가는 길이고
독이 약이 되는 시간일 뿐입니다.
우리는 부처와 부처가 사는 세상에서 살아갈 뿐입니다.
이 사실은 희망이고 즐거움입니다.

집착은

너무 고된

몸짓입니다

간간히 비가 내려칩니다. 부드럽습니다.

하늘은 칠흑 같은 밤입니다.

벤치에 누워 바람의 결을 느낍니다.

별이 없어도 내 마음에 별이 돋습니다.

뜬구름 같은 세상 바람이 되어 유랑하니

나는 저 하늘을 흐르는 별과도 같습니다.

신라시대 부설거사는 〈사부시四浮詩〉를 지어
뜬구름 같은 헛된 인생을 노래했습니다.

"아침마다 날고뛰듯 세상사에 매달려
권세가 높아지니 어느새 백발이로구나.
염라대왕은 부귀영화를 두려워하지 않으니
생각하고 헤아려보면 헛되고 덧없는 일이로구나.
설령 설법이 뛰어나 구름과 비를 부르고
감히 하늘에서 꽃비가 내리게 하고
돌조차 머릴 끄덕여도 껍데기 지혜로는
생사 고를 면치 못하리니 생각하고
헤아리면 이 모두 헛된 뜬 거품이로다."

부설은 출세와 부귀가 얼마나 하잘것없는지
염라대왕의 무시와 백발을 들어 말하고 있습니다.
빼어난 문장과 돌조차 고개를 끄덕이는 설법도
번뇌를 벗어나지 못했다면 그것 또한
얼마나 헛된 것인가를 노래했습니다.

헛되고 헛된 인생 속에서
나다, 너다 다투는 일은 의미가 없습니다.
그저 바람처럼 구름처럼 흘러가면 됩니다.

너무 많은 집착은 무상한 삶의 진리를 배반하는 것입니다.
무상한 세상은 우리에게 바람처럼 물처럼
혹은 구름처럼 살라고 합니다.
누구나 그렇게 살고 싶지만
누구나 그렇게 살 수는 없습니다.
애욕을 버리지 않으면 무상한 삶의 진리는
뜬구름 같은 이야기로 사라져갈 뿐입니다.

일체의 집착 없이 물처럼 구름처럼 살아가는 것이
무상한 세상을 살아가는 바른 삶의 모습입니다.

진리를 잃게 되면 남는 것은 고통뿐입니다.

애써 진리를 찾아야 하는 이유입니다.

인생은 짧고 나는 물거품 같다고 주문을 외워봅시다.

내가 나에 집착함으로 나는 어리석어지고

내가 나를 놓아버림으로 나는 지혜로워집니다.

염라대왕이 꼼짝 못하는 것은 지혜뿐.

그 비싼 지혜를 버리고 싸구려 집착을 지니고 살기에

인생은 너무 짧고 염라대왕은 너무 두려운 존재입니다.

뼈를 쑤시는

추위를 겪지 않고

어찌 향기를 얻으랴

매화가 피어나고 있습니다.

코를 찌르는 향기를 안고 겨울을 건너온 매화의 걸음걸음을

뿌리가 두 손으로 고요히 받치고 있습니다.

그 누군들 이 겨울꽃 앞에

경배의 마음을 바치지 않을 사람이 있겠습니까.

매화는 차가운 바람을 견딥니다.

그래서 당나라 황벽선사는 이런 말을 남겼습니다.

불시일번한철골不是一番寒徹骨 쟁득매화박비향爭得梅花撲鼻香.

뼈를 쑤시는 추위 한 번 겪지 않고

매화는 어찌 콧속을 파고드는 향기를 얻을 수 있을 것인가.

뼈를 쑤시는 추위를 겪은 매화는

바람이 시리게 자신을 스칠 때마다

그 시린 바람을 원망하는 것이 아니라

시린 바람의 차가움을 염려하는 듯합니다.

매화가 오히려 이렇게 말하는 듯합니다.

바람은 얼마나 추울까.

그 시린 바람에 대한 안쓰러움과 연민이

더 깊은 향기로 차곡차곡 쌓여가는 듯합니다.

그래서 겨울을 지나 봄이 오면

매화의 향기가 더욱 코를 찌르게 됩니다.

매화의 향기에 코를 대본 적 있으신가요.

그 향기가 너무나 깊어 그 끝이 보이지 않습니다.

그것은 매화의 연민이 그만큼

깊다는 이야기이기도 합니다.

작은 매화조차도 시린 바람을

이렇게 연민의 마음으로 보는데

우리 어찌 미움으로 이 세상을 살아갈 수 있을까요.

매화만도 못한 마음으로 살아가기에는

매화 앞에서조차 부끄러운 일입니다.

연민은 세상을 아름답게 살아가는 힘입니다.
그것은 부드러움으로 한없이 강한 힘을 지닙니다.
탐욕은 세상을 살아가는 가장 나약한 힘입니다.
가장 강해 보이지만 속은
절망으로 가득 찬 허세일 뿐입니다.

매화의 연민은 향기로 번지고

사람들의 탐욕은 아픔으로 서로를 마주하게 합니다.

봄이 매화의 향기를 타고 옵니다.

나도 이제는 낫을 들고 탐욕의 잡초들을 제거하며

매화 향기 아래 세상을 향한 연민을 파종해야겠습니다.

자유인이 되는 법

한 스님이 늘 다니던 집으로 탁발을 갔습니다.

신도가 물었습니다.

"스님, 무엇을 원하십니까?"

"아무거나 주세요. 가리지 않으니!"

그 말에 신도는 발우에 풀을 한가득 채워주었습니다.

이 뜻을 알면 공양을 드리겠으나

이 뜻을 모르면 그냥 가시라고

신도는 스님에게 말했습니다.

스님은 아무 대답도 못했습니다.

물었으나 대답이 쉽지 않은 이 선문답에
중생은 갇히지만 깨달은 사람은
마치 바람이 문틈 사이를 자유롭게 넘나들듯이
쉽게 답을 냅니다.

현상을 보는 자는 그 상에 갇히고
마음을 보는 자는 상에서 상 없음을 봅니다.
이것은 마치 물음에서 물음을 보지 않고
즉시 답을 보는 것과 같습니다.

스승을 찾아간 스님은
오후의 일을 말씀드렸습니다.
스승은 그 답을 너무나 쉽게 합니다.

"그것은 가려야 할 것이 아니더냐."
가리지 않는다고 했는데 가려야 할 것을 가져온
그 신도의 마음을 스승은 쉽게도 간파해버린 것입니다.

삶은 늘 발우에 담긴 풀처럼 우리 앞에 놓여 있습니다.

가리지 않으나 풀은 먹을 수가 없습니다.

먹을 수 없으니 그것은 가려야 할 것이 됩니다.

그러니 버려야 합니다.

그래야 비로소 가리는 것에서 벗어날 수가 있습니다.

자유인이 바로 그런 것입니다.

가차 없이 버릴 수 있을 때

진정 가리지 않는 자유인이 되는 것입니다.

우리는 언제나 망설이고 주저합니다.

놓아야 할 것을 놓지 못하고 엉거주춤 살아갑니다.

버려야 할 것을 버릴 때 길은 새롭게 열립니다.

길은 결단이고 현명한 선택이 있을 때만 내게로 옵니다.

자유인이란 버려야 할 것을 버리고

당당하게 새로운 길을 가는 사람입니다.

인생은 언제나
행운 하나를
준비하고 있다

새벽에 눈을 떴습니다.

범종 소리가 울립니다.

종소리가 문득 내 인생 전체를 깨우는 듯합니다.

인생에게 미안했습니다.

하지만 다른 한편으로는 무척이나

운이 좋았다는 생각도 들었습니다.

새벽 예불 때 부처님께 말씀드렸습니다.

“이렇게 부처님 가까이 살 수 있어서 감사합니다.
수많은 인생의 길 가운데 출가해 사는
이 삶을 택할 수 있어서 감사합니다.”

어찌 보면 어린 시절 어머니 손 잡고 부처님 오신 날이나
초하루 때 절에 다닐 수 있어서
이렇게 출가의 연이 이어질 수 있었다는 생각이 듭니다.

출가의 인연은 내게 행복입니다.
이 단 하나의 인연이 내게
불행으로 다가올 수 있는 인연을 모두 먼지처럼 날리게 합니다.
우리가 사는 동안 얼마나 많은 인연이 찾아올까요.
그 인연들 속에는 행복한 것보다
불행한 인연이 더 많을 수도 있습니다.

가만히 생각해보면 나도 충분히
불행할 수 있는 인연들과 수없이 만나고 살고 있습니다.

정글과도 같은 그 인연 속을 마치
지혜의 보검으로 어리석음을 베어내듯이
나는 출가라는 인연 하나를 잡고 헤쳐 나가고 있습니다.

누구에게나 불행을 이기게 하는
하나의 인연은 반드시 있습니다.
다만 그것을 발견하지 못하고 있는 것뿐입니다.
나 역시 때로 불행하다고 생각될 때면 기도를 합니다.
기도를 하면 불행도 행복도 모두 사라지고 맙니다.
부처님이라는 거룩한 이름 아래 행복과 불행은
작은 분별에 지나지 않기 때문입니다.
그 이름 안에서 분별의 때를 씻으며
나는 능히 불행을 이겨낸 자의 모습으로 새롭게 태어납니다.

부처님과의 인연 하나가 있어 오늘도 세상을 살아갑니다.
가끔 회한의 아픔이 찾아올 때도
나는 부처님의 이름을 부르며 다시 일어섭니다.
부처님의 이름 아래 회한은 덧없습니다.

새벽하늘의 별이 아름다운 것도
그대를 향해 겸손한 합장을 올리는 것도
그리고 불행을 능히 이겨내고 행복한 미소를 짓는 것도
부처님과의 인연 때문입니다.

출가자로 잘 살지 못해도
그래도 나는 이 인연이 고맙습니다.
참회하고 기도하고 다시 새롭게 일어나는 이 순결한
한순간의 선순환도 모두 부처님 안에 살아서 가능한 일입니다.
참, 다행입니다. 내게 이런 인연 하나가 있다는 것이.
다시 일어서 앞으로 새롭게 나아갈 수 있다는 것이.

누구에게나 모든 불행을 이기게 하는
인연 하나가 있습니다.
지금 발견하지 못했다면 곧 발견하게 될 것입니다.
그러니 조금은 참고 절망하지 마세요.
인생은 가혹하기도 하지만 지워지지 않는
행운 하나를 늘 준비하고 있습니다.

자신의 모든 인연 가운데 단 하나의
소중한 인연을 발견한 사람이라면 인생의
그 멋진 얼굴을 보게 될 것입니다.

나는 출가한 그 인연 하나로 삽니다.
그리고 가끔 인생의 멋진 얼굴을 봅니다.
그 여운은 아주 오래도록 내게 그리움을 남깁니다.
그 그리움의 힘으로 오늘도 나는 살아가고 있습니다.
당신은 어떤 인연의 힘으로 살아가고 있나요?

마음으로 듣습니다

당의 선승 문익이 행각을 다닐 때였습니다.

눈에 길이 막혀 계침선사가

주석한 절에 며칠을 묶게 되었습니다.

눈이 그치고 길이 열리자 문익은 하직 인사를 올렸습니다.

길 떠나는 선객을 배웅하러 나온 계침은

뜨락의 돌을 가리키며 물었습니다.

"모든 것이 다 마음 안에 있다. 저 돌은 어디에 있는가?"
문익은 답했습니다.
"마음 안에 있습니다."
그러자 계침이 문익을 향해 웃으며 말했습니다.
"무슨 일로 행각을 다니는 사람이
마음에 무거운 돌을 안고 다니는가."
문익은 말을 잃었습니다.
그리고 발길을 돌려 계침의 문하에서 수행을 했습니다.

선문답은 촌철살인입니다.
그것은 헛된 마음을 지우고
참된 마음을 일깨우는 감동이 있습니다.
그러나 선문답의 진정한 완성은
듣는 자의 마음에 달려 있습니다.
익을 대로 익은 마음으로 들어야
그것은 비로소 깨침의 힘을 갖게 됩니다.
진실한 마음이 선문답의 마침표로 작용하는 것입니다.

진실한 마음으로 들으면 이 세상 모든 소리는
깨침의 힘을 갖게 됩니다.
바람 소리, 빗소리, 천둥소리, 낙엽이 지는 소리,
눈이 내리는 소리 그 어느 것 하나도
그냥 스치고 지나가지 않습니다.

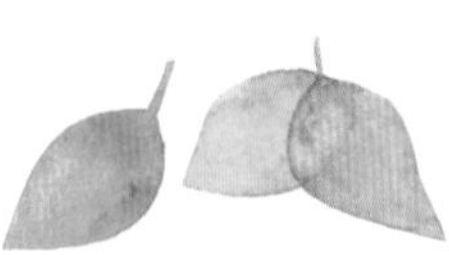

평범한 소시민들이 살아가며 내는 소리들,
가난하지만 서로 위로하고 돕고 나누며 사는 착한 사람들,
시장에서 물건을 파는 상인들의 소리,
어느 저녁 골목길 불빛이 환한 창문 안에서
식구들이 모여앉아 저녁을 먹으며 내는 소리까지도
내 안에 감동을 남깁니다.

세상의 모든 소리들이 다가와 내게 물을 때면
나는 말합니다. "마음으로 듣습니다."

바람 부는 날이면 나는 바람 속에 서서
촌철살인의 그 음성을 듣습니다.
별이 돋으면 별빛의 따뜻함에 나는 탐욕을 잊습니다.
달빛이 교교하면 나는 달빛에 안기어
내 내면의 깊은 어둠을 잃고야 맙니다.

제게는 모든 것이 촌철살인입니다.
그 어떤 것도 예사로운 것은 없습니다.
모든 것이 깨침이고 이 세상은 그 깨침의 도량입니다.
그 무엇도 예사롭지 않은 세상을 제가 삽니다.

사는 것이 너무도 신기하다던 김수영의 시구도
어쩌면 이런 것이 아니었을까요.
세상은 예사롭지 않고 삶은 신기로워
저는 오늘도 기대와 기쁨으로 살아갑니다.
제가 인간으로 태어났다는 사실이
나이가 들수록 신기한 기쁨으로 다가옵니다.
이 촌철살인의 세상을 내가 살아갑니다.

평창으로 가는 길을 묻습니다

차를 몰고 가던 사람이 나무 그늘에서
쉬고 있는 노인에게 물었습니다.

"평창이 얼마나 남았습니까?"
노인이 말했습니다.
"당신이 오던 길로 곧장 간다면
지구를 한 바퀴 돌아야 당도할 겁니다.

왜냐하면 평창은 당신 뒤 10km 지점에 있기 때문이지요.
어디로 가든지 당신 마음대로 가시오.
당신이 고집쟁이라면 곧장 가던 길로 가시오.
그러나 지각이 있는 사람이라면 차를 돌려 뒤로 돌아가시오."

평창을 뒤에 두고 당신은 지구 한 바퀴를 돌아오시겠습니까?
아니면 차를 돌려 바로 뒤에 있는 평창에 당도하시겠습니까?

요즘 가만히 보면 우리 사회에는
차를 곧장 달려 지구 한 바퀴를 돌아
평창에 이르고자 하는 사람들이 있는 것 같습니다.

이념과 분노는 닮은 공통점이 있습니다.
멈출 줄 모른다는 점이죠.
그래서 명확한 인식과 지성으로
상황에 대처하는 지혜를 잃게 합니다.

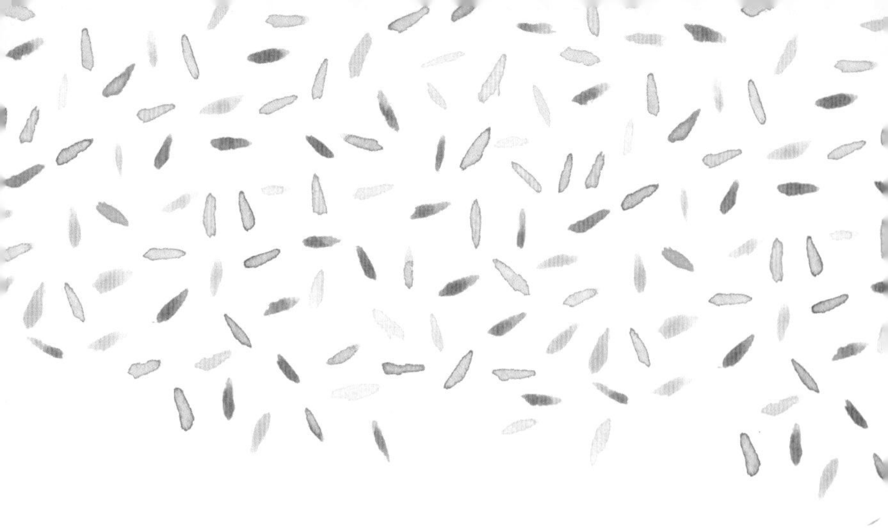

어느 날 조주선사는 선원의 문을 잠그고 불을 피웠습니다.

그러고는 불이야 불이야, 하고 소리 쳤습니다.

그러자 대중들이 몰려왔습니다.

조주는 대중들 앞에 서서 옳은 말을 하지 않으면

문을 열지 않겠다고 했습니다.

그 순간 대중들은 꿀 먹은 벙어리가 되었습니다.

그러자 남전선사가 창문으로 열쇠를 던져줍니다.

남전만이 조주의 옳은 말의 의미를 알았던 겁니다.

내가 사는 산사에 한파가 이어져
산사 수곽에도 얼음이 제법 두껍게 앉았습니다.
수도가 얼었는지 물이 나오질 않아
수곽 얼음을 깨고 물을 길어다 씁니다.
물을 데워 찬물과 섞으면 설거지를 할 수가 있습니다.

얼음이 녹고 물이 나올 때까지 기다리는 것은
상황의 올바른 대처가 아닙니다.
이것이 또한 조주의 뜻을 왜곡하는 것이 됩니다.
바른 인식으로 상황에 대처하는 즉흥적 대응이
바로 그것의 의미입니다.

답은 언제나 생각을 가장 단순화한 것입니다.

불이야, 불이야. 당신은 어쩌시겠습니까?

경청이
답이 될 때가 있습니다

도반스님들을 만났습니다.

오랜만에 보니 반가웠습니다.

도반이 아닌 큰스님도 한 분 계셨습니다.

해인사 시절부터 잘 알고 지내던 스님입니다.

큰스님은 우리와 연령 차이도 많으시지만

그냥 이렇게 격 없이 만나는 것을 편하게 생각하십니다.

그래서 그런가 스님은 칠십 중반의 연세에도 젊어 뵈십니다.

큰스님을 뵈면서 나도 노스님이 되면
젊은 스님들을 만나 이야기도 하고
밥도 함께 먹어야지, 하고 생각했습니다.
그런데 가만히 보니 지금 나와 만나
이야기하는 젊은 스님들이 없습니다.
지금도 없는데 늙어서 있기를 바라는 것이
얼마나 어리석은 일인지 금방 알게 되었습니다.

좋은 친구들과 함께 하는 것도
복이 있어야 가능한 일입니다.
관계에서 가장 큰 복 지음은 공감인 것 같습니다.
경청해주고 공감해주면 누군들 친구가 되지 않겠습니까.

모였던 스님들 가운데 한 스님이
낮에 있었던 이야기를 했습니다.
낮에 스님들과 함께 이야기를 했는데
쓸데없는 걱정인 것 같아
그만 이야기를 마치자고 했다고 합니다.

그래서 제가 이렇게 말했습니다.

“왜 그랬냐고. 그냥 공감해주면 될 것을 가지고.”

함께 모이면 늘 이야기를 주도하고

자기 자랑질에 시간 가는 줄 모르는 사람이 있습니다.

그래서 요즘 나 스스로 경책하며

자신을 다스리는 말을 하나 만들었습니다.

“남이 비난하면 측은지심으로 바라보고

남이 나를 칭찬하면 사양지심으로 들어라.”

누구나 자기 자랑질하는 사람을

좋아하는 사람은 없습니다.

가만히 경청하고 공감해줄 때 사람들은

기꺼이 친구가 되자고 손을 내밉니다.

나이는 들어가는데 아직 내게는
나와 말벗이 될 젊은 스님들이 없습니다.
어쩌면 그것이 공감하지 않고 살아온
삶의 결과라는 생각이 듭니다.

이제라도 경청하고 공감하는 마음을 키워야겠습니다.
그래야 노년이 행복할 것만 같은 예감이 들기 때문입니다.

닫는 글

세월이 지나서야 모든 것이 넓게 보입니다.
그때는 마음이 좁아서 아무것도 보지 못했던 것이
세월이 지나 후회로 다가옵니다.
그 사람이 내게 했던 말과 표정이
다 이유가 있었다는 것을 알게 되기 때문입니다.

세월은 아주 좋은 선생님입니다.
세월은 침묵으로 지난 시간의 오해와
싸움의 이유들을 조용하게 들려줍니다.
때로는 노을을 펼쳐 보이기도 하고
때로는 하얗게 날리는 눈발로 혹은 봄날의 햇살로
그 이유들을 아름답게 드러내 보여줍니다.
나는 비로소 고개를 끄덕입니다.
그래서 그랬었구나, 하는 마음이 달빛처럼 피어납니다.
한번은 참선을 할 때였습니다.

달빛은 교교하고 바람 조용히 부는 새벽
나는 좌복에 앉아서 눈물을 흘렸습니다.
그 옛날 속가의 동생을 혼내던 일들이 떠올라
아주 많이 눈물을 흘렸습니다.
아무 일도 아니었는데 어떻게 그럴 수가 있었을까,
하는 마음이 눈물로 주룩 흘러내렸습니다.

세월이 지나고 나면 다 사소한 것이 되는 것이
우리들 상처의 이유입니다.
그냥 이해해줄 수 있었는데, 그냥 한번 침묵할 수도 있었는데,
우리는 그때 그러지를 못했습니다.
그냥 자기의 이유만을 내세우다가
타인의 이유를 거들떠보지도 않았기 때문입니다.

우리 모두는 해야 할 말들을 가지고 있습니다.
내가 말해야 할 이유를 가지고 있다면
타인 역시 그 이유를 가지고 있습니다.
그래서 내가 말하기 전에 타인의 말을
먼저 들어야 할 필요가 있습니다.

타인의 말을 듣게 되면 우리는 고개를 끄덕이게 될 겁니다.
그랬구나, 그래서 그랬구나, 하는
긍정의 마음으로 자신을 물들일 수 있게 됩니다.

우리는 모두 존재의 이유가 있어 존재하는 사람들입니다.
어떤 조건과 환경에서도
그 이유는 여전히 살아 있습니다.
그래서 우리 모두는 이해받기 원하고
자신의 모습을 존중받기 원합니다.
세상의 잣대로 획일적으로 잘리고
무시당하는 것을 아무도 원치 않습니다.

못나면 못난 대로 잘나면 잘난 대로
존중받고자 하는 것이 우리들의 마음입니다.
그것은 그 순간의 이유가 우리를 지탱해주기 때문입니다.
사실 잘나고 못난 사람은 없습니다.
우린 모두 각자의 존재 이유에
충실하며 살아가는 사람들이니까요.

그 이유의 가치는 높고 낮음으로 비교할 수 없습니다.
가난하다고 못났다고 얕잡힐 이유가 없습니다.
우리는 우리의 조건과 방식으로
최선을 다하며 살아가고 있기 때문입니다.

우리는 모두 고통을 싫어하고 행복을 좋아하는 사람들입니다.
그리고 언젠가는 죽어야 할 같은 운명의 사람들이기도 합니다.
그러니 연민의 마음으로
서로의 이유를 이해하며 살아가야 합니다.
세월이 지나서가 아니라 지금
"그래, 다 이유가 있을 거야."
이 말 속에 당신과 내가 환하게 웃으며 동행합니다.

우리가 웃는 이유

우리가 우는 이유

우리가 행복한 이유

우리가 사랑한 이유

·
·
·

무심코 지나쳤던 순간들에도

모두 이유가 있다